秘愁

綾に織り成す

竜胆一二美
RINDO Hifumi

文芸社

目次

秘愁　綾に織り成す

見えぬ糸

私は幸せだった。今、流行の同棲生活に憧れ、安易な気持ちで飛び込んだものの、〝いずれ北海道へ帰る〞――。彼と暮らし始めた頃に告げられた言葉に、一瞬の戸惑いを覚えたけれども彼が本当にそう考えているのなら、私も真摯に向き合わなければならないと思った。

初めの頃は彼の話し方が難しくて、理解出来なく「私の分かる言葉で話して欲しい」と伝えると、驚いた顔をした。だが、それからは目線を下げて接してくれるようになった。私達には普通の恋人同士のように、相手を分かり合えるような恋愛期間はなかったが、二人の努力さえあれば、どんな難関でも克服出来ると思っていた。しかし、お互いの知能の差は埋めようもなく、その歪みが徐々に姿を現し出したのは、生活が軌道に乗り出して一年以上が経過した辺りからであった。

その頃の私は何の前触れもなく、突然向けられる彼の難解な質問もパズルと同じで、他愛のない営みの中に紛れ過ぎゆくのだろうと甘く考え、この満ち足りた日々は、これからもずっと続いてゆくに違いないと信じて疑わなかった。

彼、秋元幸夫と出会うまでの私の二十一年の歳月は、青春という名の許に夢を追い求め、情熱の赴くままに突き進んだが叶うことはなかった。けれど、それらは心の深い場所で生きていて、時として私を支えてくれる唯一のものなのであった。

池袋にある割烹〝福助〟に勤めた私はそこで彼と出会った。彼は何処か暗い陰をその身にまとっていて、私には苦手なタイプだった。ある時から閉店後に店の売り上げの集計を手伝う羽目になった。ある日、彼から何処かへ旅行しないかと誘われた。一度は撥ねつけたものの、正月休みの予定がなくなってしまった私は数日後に、

じゃあ、私を連れていって――。軽く口をついて出たその一言が私の運命を定めた。

給料の度に電気製品を揃えていった。扇風機に冷蔵庫、そして電話。電話が付いてから彼はこまめに連絡を寄越した。貯金は少しずつ増えていったが、なかなか大台に乗らない。

仕事を変わろうか――。彼と同棲を始めてから職を変わり、現在は和風喫茶に勤めている。喫茶もクラブやキャバレーも同じ時間帯に営業している。それならば少しでも多く給料を得られる方がいい。数日悩み、信頼のおけるお客の原田さんに相談した。原田さんは週に二、三回は来店し、私達のお喋りに耳を傾け、ひと時を過ごす。

原田さんが紹介してくれた店も池袋にある。経営者はこの業界で一躍有名になった人物だった。店の名は〝キャバレー　シャンゼリゼ〟。チェーン店が都内に幾つもある。私はキャバレーという名に、安っぽい場末の印象を持っていた。だから勤めるには一大決心を

して入り、店では和服で通すと初めから決めていた。

どんな場所であろうとも、自分さえしっかりしていれば染まらない――と。

〝シャンゼリゼ〟には約三百人のホステスが働いている。緊張で身を包んだ私の第一日目が始まった。新人はマネージャーやボーイが常に目を光らせ、新規の客の席へ座らせた。私の源氏名は「198番紫」であった。マネージャーが幾つか空きのある名の中から選んでくれたものだ。

店は建物の二階と三階にある。二階はカウンターと椅子席が数脚あるだけの空間で、天井から下げたミラーボールの輝きが壁に反射し、一種独特な雰囲気を醸し出していた。三階とは違い静かな音楽が室内を満たしている。三日目に指名が入った。誰だろうと、訝りながら出向くと、あの原田さんがいた。店の空気に慣れた頃を見計らい指名してくれたのだった。その他に喫茶時代の客も数人が常連になり、私は新人ながらも運の良いスタートを切ることが出来た。経営者もたまに顔を出す。朝礼でボーイ時代の苦労話を披露し、ホステスを叱咤激励した。あの和風喫茶のママ同様、徹底して金を貯め夢を実現させた人だ。外見とはまるきり違い、口から出る言葉はなかなか熾烈であった。大望を成し遂げる人は何処か違う。

私の周りに気の置けない仕事仲間や、友人が次第に増えていった。

彼は時々答えに窮するような質問を浴びせる半面、優しさも併せ持っていた。休日を利用し義姉兄達に私を紹介して歩き、七月には北海道の親元へ私の父と三人で里帰りし、また姉の結婚式には揃って出席した。そんな日常が流れる月日と共に、生活の中に織り込まれていった。

だが、私が望んだ穏やかな日々は長くは続かず、同じ目的でスタートした筈なのに、二人の向かう先が少しずつ噛み合わなくなり始めた。彼の難しい思考は研ぎ澄まされた刃物の如く、私の感情を容赦なく傷つけてゆく。いつも決まった内容ではないので即座に対処が出来ず、それが彼を苛立たせるようだ。私が返事に詰まったり、ちょっとした言葉の行き違いでケンカになる前に、彼の容赦ない反応が浴びせられる。

お前は所詮俺とは合わないのだ——。

お前が別れると言わない限り俺は言わない。仕方なく暮らしている——と言い放つ。言うことを聞かないと極端に不機嫌になり、喋らないと言っては怒った。私は私で甘えてみたいし一緒に歩きもしたい。私の女心も少しは理解して欲しいと願うも、この時期の彼は思うようにいかない苛立ちを剥き出し激しくぶつかって来た。私は悩みながら、嵐の通り過ぎるのをじっと待つ他はなかった。

彼の帰宅が遅くなり、明け方に近い日が増える。

「妻というものは、起きて待っているものだ」

などと妻の心構えを説くが、待つうちについウトウトと眠ってしまう。ある時、彼は突然右手の小指を強く噛んだ。あまりの痛さに私は思わず叫んだ。

「何するの！」

私の反応を見て彼は白けた顔をして言った。

「お前も他の奴と同じだな」

この二年の間で本来の私自身は姿を消し、彼の一挙一動に神経を集中させた。自分でも気づかぬまま逃げ場のない淵へと、次第に追い込まれていったのかも知れない。


「話があるから座ってくれ」

珍しく早く帰宅した彼が私を促す。常連客の中に山手線の沿線で〝庵〟という居酒屋を幾つか所有している女性がいて、経営は火の車で何とかならないか、と相談を持ち掛けられたと言う。帰りの遅い理由が分かった。割烹〝福助〟で経験を積んだ彼には自信があったのだろう。女社長の相談を受けて承諾したのである。

私は彼を信じていた。信じていたからこそ彼の選択に頷いたのだった。

「まず〝庵〟を株式にする。それには百万掛かるので用意してくれ」

従業員を長続きさせる為に必要だと言う。お金は一定の額が貯まると貯金をするのが楽しくなる。目に見えて増える数字に拍車が掛かり、この頃には貯金は目的の額を既に超えていた。その事実を私は彼に告げずにいた。もう少しこの都会の空の下で、二人の生活を謳歌したかったからに他ならない。百万を皮切りに月末になると、二十万、三十万と貯金が減っていった。初めはどんなに遅くても帰宅した。そのうちに電話の内容が変わり出した。

「今日は帰れそうもない」

店は夕方から明け方までが営業時間である。杜撰《ずさん》な経営をした為に膨大な借金があり、その返済に彼は取り組み始めた。自然と自宅へ帰る時間が遅くなっていく。

「おい、啓子がどうしてもお前に会いたいと言うので連れて来た」

遅く戻った彼がドアを閉め、突然言う。

「えっ、誰が」

啓子という名前を咄嗟には思い出せない。

「俺には美江子がいると何度言っても信じないんだ。それなら会わせろって聞かないから連れて来た。外にいるからお前が何とかしろ」

仕方なくドアを開け、彼女を招き入れた。狭い四畳半には窓際に布団が敷かれ、三和土《たたき》を上がってすぐの場所にテーブルもあった。彼女は俯きながら座った。その姿を眺めて思い当たる節があった。数か月前に通帳と印鑑を「使って欲しい」と彼に差し出した女性がいて、断っても無理やり押し付けてきたので持ってきたというその通帳を、「好きに使え」と彼は私に寄越したのを思い出したのだ。名義は確か鈴木啓子と記されていた。

「美江子だ」

一応私を紹介する。鈴木啓子はちらりと見上げ顔を伏せた。彼の言葉が本当だと知り愕然としたに違いない。まして私を正視出来ないのも当然だった。恋敵という同等の立場が逆転してしまったのだから。私も何も言うことはなかった。彼の女を目の前にしても激しい感情が湧き起こる筈もなく、ただ黙って冷ややかに見つめた。彼は布団の中に潜り寝たふりをしながら、時々目で〝さっさと帰せ〟と合図する。鈴木啓子は俯いたまま涙を落としていた。

「ねえ、静かな喫茶店で話しましょう」

何度誘いを掛けても、膝の上に揃えた両手に涙の粒を滴らせ微動だにしない。短いようで長い時間が経過した後、何度目かの誘いの後で、

「いいです。帰りますから」

濡れた頬を拭おうともせず、つと立ち上がり靴を履き夜の闇に消えていった。通帳という大切な物を預けてまで彼の愛を欲したのだと思うと、同じ女として哀れでもあり、もう一人の私を見ているようでもあった。押し入れに放り込まれたままの通帳は、その後鈴木啓子に返した。

それでも私は彼を信じていた。二人でいる時間が減っていく中で、私はどうすれば家に帰れるのかを模索し始めていた。一回目は、月に一度必ず外で食事をする約束をさせた。

出だしは良かったが数回実行されただけで消滅した。次に打った手は家を探すことである。中古で良いから自分の家を持つ。不動産屋へ物件を探しに行くことから始まった。

彼は当時売り出し中の千葉県成田に分譲中の土地をピックアップした。

不動産屋の話では国際線が乗り入れる話もあり，これから将来に向けドンドン開ける地域だという。案内された場所は町から外れた先にあり、宅地用に均された広大な土地は網目のように幾つにも区分され、〝分譲中〟の幟《のぼり》が連なり風にたなびいていた。私達は言葉もなく遮るもののない土地を眺めた。たとえ束の間の時間であっても、同じ目的を共通し合い有意義な刻を過ごせた、ただそれだけで私は嬉しかった。

「毎日帰れそうもないから、一週間分下着を持ってゆく。用意しておいてくれ」

私の思いとは関わりなく彼は事を有利に進めていった。それでもまだ良かった。初めのうちは一週間に一度、十日に一度下着を取り替えに帰って来る。微妙な感覚で私との距離が更に開き始めたのはこの頃からだったが、私が帰省すると必ず実家へ迎えに来たし、連絡だけは毎夜寄越した。仕事だという言い訳を私は一瞬も疑いはしなかった。

彼は私にだけは嘘をつかない、そう信じているからだ。自分でも思うのだが、私は古い考えの持ち主だといつも思う。〝嫁して二夫にまみえず〟の諺そのままに……。

彼もあがいていたのだろう。お金もなく伝《つて》すらない彼は、己自身を信じて進む他に道はなかった。壁にぶち当たった時は私にその捌け口を求め消化した。答える術もないまま当時の私もまた、彼の言動を理解出来ずに苦しんだ。

〝いずれ北海道へ帰る〟最初の約束は実行されずに目的の額が貯まった時点から歯車が狂い出し、あらぬ方向へと彼を誘《いざな》って行き、私もまた知らぬ間に彼に感化され自分を見失い始めていた。

私には〝福助〟時代に親交を深めた友人がいた。彼女は新宿の大きなクラブに勤めていたが、私のいる池袋の店へ移り〝明日香〟という源氏名で共に働いた。

もう一人は田辺さんである。親戚の営むラーメン店を手伝い、後に独立した。二人は彼を知っているので、私の良き相談相手になった。その人達のお蔭で私は救われていたとも言える。仕事中は頭を切り替え接客に熱中した。店で知り合ったホステス達もまた似たりよったりの境遇で、お互いに男女の悩みを語り合い慰め合った。彼女らは口が堅く外部に漏れることはない。夜の世界に生きる女達の暗黙の了解とも言えた。

〝庵〟に移って一年半が過ぎた頃から、彼は突拍子のない話を色々と持ち掛けて来るようになった。とても正常とは思えない提案を。

俺が社長の娘と結婚して、お前に慰謝料として一億取ってやる。だから北海道に帰って俺の子供を育てながら、俺を待てばいいじゃないか――。

今までこの店にどれだけお金をつぎ込んでいると思っているんだ。今、手を引く訳にはいかない。その分だけでも取り返さないと――。

慰謝料として取るのが早道だとばかりに。確かに百万を皮切りに、酒屋への支払いが足りないとか、従業員の給料、社会保険事務所等への支払いと称して、月末が近づくと何かと用件を作り持ち出していた。その悩みを母に愚痴ったことがあった。母は家族と相談し私に知恵を授けた。現金を手形や小切手と交換する。それもエスカレートして来た時は、「このままでは皆持っていかれるよ。父ちゃんとも相談したんだが、少しずつでもこちらに送りなさい。こっちで預けるから」

電話の向こうで母が言う。彼を騙すのは心苦しかったが、時々現金封筒でお金を実家に送り通帳には僅かの額のみを入金した。

「それっておかしいよ、紫。秋元さんには女がいるんじゃない？」

お茶を飲みながら、苦しい胸の内を切々と訴える私に、明日香は言った。

「いる訳ないじゃない」

疑うことを知らない私は腹を立て否定した。

「いない訳ない。絶対いるから」

明日香は断言するのだが、私は頑として首を横に振る。だが、幾度目かの指摘から、私の心も僅かに揺らぎ始めた。胸の痛みに耐えながら悶々と過ごしている私に、彼は更に追い打ちを掛けた。

横浜にいる一番上の義姉が結婚した。その披露宴の席で彼は「いずれ僕の妻になるだろうと思います」と、私を親族に紹介した。その言葉にショックを受ける。何故、妻だと言ってくれないのかと。彼と暮らし始めてから私は何事に対しても敏感になっていた。おめでたい席でなければ涙を堪えはしなかっただろう。青ざめた私は俯き、固く手を握り締めた。唇が震え、逃げ出したい衝動に駆られたが、何とか耐えた。こんな時に別れを考える女が他にいるだろうか。

結婚式が済んだ後に、彼の提案で義父を伴い長野へ行った。両親に義父を紹介した夜遅く、両親に彼とは別れるかも知れないと訴えた。私の複雑な心境を慮った親は何も言わなかった。

五日後に都内にいる義姉と義父が、彼を交え話がしたいと突然訪れた。二人の表情から何かを感知したのか、彼は仕事を口実に出ていってしまった。義姉は思いもよらぬ話を私に告げた。結婚式の後に義父は私の家で数日を過ごした。彼に迎えに来るよう電話すると、迎えに来た足で義父を女社長のマンションへ連れていった。義父は何がなんだか分からないまま一泊し、そのことを義姉に伝えた。

「一体どうなっているの」

義父も義姉も困惑していた。どうなっているのか聞きたいのはこちらだ。何も考えられずに私は「そうですか」と呟いた。

「私達は、美江子さん以外は認めないからね。幸夫の奴、これから行って話をつけて来るわ」

義姉が心強い言葉を投げ掛けてくれたのである。義姉がどう説得したのかは分からないが、彼は多少は家へ足を向けるようになってくれた。だが、舌の根が乾かぬ間に元に戻ってしまった。思い通りにいかないと、時には言葉の暴力を振るい服従させようとした。そんな時の彼の目は冷ややかで、ゾッとする程の残忍さを湛えた光を宿し睨みつける。私はその冷たい光に射竦められ背筋が凍りつく。身のすくむ思いに駆られながらも、じっと耐えるのが習慣になった。

明日香の指摘が次第に胸の中で大きく膨らんでいくとともに、女社長の一件が私を苦しめ逃げ場のない淵へ追い込んでゆく。一度芽生えた猜疑心は日ごとに私の中で膨らみ、真実を確かめたい衝動に駆られ出していた。私との話し合いは常に堂々巡りに終わってしまい、挙げ句の果てはお決まりのコースを辿る。相手を騙してまで、つぎ込んだお金を取り戻そうとは思わない。彼が〝庵〟から手を引けば済むことなのだ。

一大決心をした私は、大切な話があるからと電話した。

「どうしても毎日帰って来れないの？」

「今は無理だな」

私は少しの間を置いた後に意を決して尋ねた。「そんなこと、ある訳ないじゃないか」と即座に戻る返事を期待した。私の内に芽生えた疑惑を払拭して欲しい、そんな願いを込めての一言だった。

「あなた、もしかしたら、女の人と住んでいるんじゃないの？」

「…………」

突然の問いに彼は面食らったのか、それとも私から思いがけない言葉を投げ掛けられ、動揺し咄嗟に返事が出来なかったのか。これまで右を向けと言われれば、よしと言われるまで右を向いている、誠に手玉に取りやすい女だったのだから。

無言の間が私へ現実を知らしめた。彼は否定も肯定もせず滑らかな口元は閉じられたままでいた。少なからず驚愕しているのがその顔色から見て取れる。

押し問答を繰り返しながら日は過ぎた。彼の本心が何処にあるのか私には分からない。

「そろそろ籍に入れてくれる？」

久しぶりに訪れた穏やかな時間の中で、反対されるのを承知で尋ねた。

「好きにすればいいじゃないか」

そう言うので、春の終わりに市役所へ婚姻届用紙を取りに行き、彼の誕生日に入籍を私一人で済ませた。その旨を彼に告げると、驚いたような顔をしたが、そうかと言っただけである。その日から彼は名実ともに私の夫になった。

「社長という名だけで何にもしなくても高級マンションに住んでいる。トイレや風呂だってついてて、部屋なんか幾つあると思う。あれが人間の住む場所なんだ」

帰宅を促す私に彼は四畳半の部屋を見回し、吐き捨てる。比較されて悔しかった。風呂やトイレつきに住みたいなら言えばいいのに。数日後、風呂トイレつきの二DKを探し越した。師走に入ったばかりの日のことである。

帰らぬ彼を待つ夜はあまりにも長い。その寂寞《せきばく》に耐えきれず、私は画用紙と色鉛筆を買い求め、静まり返った部屋の中で花器に活けられた花々を模写し、刻を追いやった。夜が白々と明ける頃、ようやく浅い眠りに就く。それでも重ねられる夜は深く辛かった。明日香がスナックでバイトをしているのを知り、仲間に入れて貰い明け方まで働いた。お金に困ることはなかったが、心が満たされることもなかった。

彼は私との距離をつかず離れず保っていた。流行り目になった時は一晩中つききりで冷やしてくれる優しさがある。暮れに私は店のお客への年賀葉書を書いていた。

「なんだ、そんな年賀葉書じゃ何の意味もないぞ。どれ俺が書いてやるから寄越せ」

じっと見ていた彼が言う。字が下手な私は一も二もなく代筆を頼んだ。少し考えた後に百人一首（紀友則）の句をしたためる。〝久方の　光のどけき春の日に　しづこころなく紫の花〟本来は〝花の散るらむ〟だが、最後の句を私の源氏名の紫に置き換えて。

年が改まりしばらくすると、私はいきなり店のナンバー2に躍り出た。

進展のないまま再び正月を迎えた。胸がさわさわと騒ぐ。私の問い掛けで彼があの女社長の元にいるのは、もう間違いのない事実であることを知った。知ってしまった以上、私が冷静でいられる筈もなかった。何をしても眠れない。そのうち頭痛までするようになり、私は不眠症に陥った。店が引けても家に帰るのが嫌で深夜喫茶でお喋りをして時間を潰す。一人で過ごす夜の孤独が身に応えた。

心配した私の両親や義姉兄などが、何とか状況を好転させようと骨を折ってくれるのだが、一時凌ぎにしかならない。顔を合わせるとまた諍《いさか》いになってしまう。父が長野から上京し義姉と内緒で家に来ることになっていた。この時もカッとなり、つい口を滑らせた。今に貴方があっと驚くことがあるから。私の言うことをちっとも聞いてくれないから、徹底的に貴方をメチャメチャにして、二度と立ち直れないようにしてやる——。

私の脅し文句を聞いた彼は、売り言葉に買い言葉で激怒した。

やられたら倍にして返すのが、俺のやり方だ。手前の親姉妹が来てみろ。髪の毛を掴んで引きずり出して、この部屋には入れさせない——と、凄む。少し愚痴ろうものなら、そろそろ別れ時かな——。別れるのもそう遠くないな——などと邪険な態度を示す。そう言い争う一方で、筑波研究学園都市へ土地を見に行ったり、土地つき物件を買うから、申込金を用意しろ、と私の急所を撫でて来る。次第に私の平常心が崩れ出した。

この現状の繰り返しに私はじわじわと追い詰められていく。叫び出したい衝動に駆られる。耐えられる限界以上の窮地に陥った時、私はどうなるのだろうと考えた。二人して思い描いた夢は一体何処へ？　こんな状態から逃げ出したい。自分を殺してしまえたらどんなに楽だろう。

しんと静まり返った部屋は寂しい。仕事で初めて強い洋酒を飲み、酔って帰った春の夜の日記。次第に自身を追い詰めてゆく文字が増える。

《信じる心を失うと二度と素直になれない。疑いは心を蝕《むしば》み私を駄目にする。目に見えぬ糸が張り詰めていく。……私の心が、ほら、壊れそう――》

《店に電話したら家に帰ったと言われました。電話をしても誰も出ません。戻ってみると家の中は暗く涙が出ました。死のうと思いました》

またある日の日記には自分を更に追い込み、相手の女を恨み、彼を少しだけ憎んだ。そうして自分を保つ為に故郷へ帰省してみた。今が盛りと村全体に咲き誇る杏の花を眺めても、心は空虚なままで何も感じない。薬を飲む勇気があれば、剃刀に力を込め血管に押し当てられたら、けじめがつけられるのに。

何十回目かの質問に彼は冷たく言い放つ。

「自分を捨てることだな」

もう考える気力さえ湧かない。時々不意に気持ちが穏やかになる時がある。そんな時は彼の胸の内を覗き、虫の良い解釈で自身を慰め保とうとした。彼がこの暮らしに終止符を打ちたいのなら、戻らずに私への連絡を一切絶てば済むだけの話である。その行動に踏み切らないのは、私への愛情があるからに違いないと、爪の先にも満たない望みにすがった。

明け方の夢。何もない空間をふわふわと歩いていた。体が眩暈のような感覚で後ろへ揺らめくと同時に、強い力が私から大切なものを引き剥がそうとする気配がした。それはまるで陶酔にも似た甘美さで私を誘う。〝そうする方が楽になる〟〝そうなりたくない〟と抗う気持ちが一瞬ぶつかり合い、体から離れようとする何かを渾身の力を込めて引き戻した。途端に目が覚めた。体が鉛のように重く疲れ果てていた。心の中に〝死にたい〟気持ちと〝生きたい〟気持ちがせめぎ合う。視線の先には一筋の灯りも見えず、闇の中に置き去りにされた心も屍のように空虚だった。有名歌手が愛人を殺す事件が新聞を賑わせた。

五月。一ツ木通りに彼の奔走で新店舗がオープンした。巷で〝夜の貴公子〟と呼ばれ、テレビで紹介されたと彼は私に自慢した。オープンをきっかけに私は毎日迎えに行く行動を開始しようと目論んだ。頻繁に連絡を入れる私を店の従業員は「大塚の人」と呼ぶようになった。実行に移そうとしたその夜、彼は朝までチラシを配るからお前は帰れとすげない態度を取る。仕方なく外へ出たものの素直にその言葉を信じられない。タクシーに乗り店の陰で待った。明け方近く彼はタクシーを拾い浅草方面へ向かった。

また嘘をついた。ため息も出ない。それらしきマンションを見つけた。恥も外聞もなく怒鳴り込もうとしたが、なんだか自分が凄く惨めになって来た。遣る瀬ない気持ちを抑えて引き返す。私にもプライドはある。

銀行がお金を貸しそうなので越ケ谷の土地を買うから、何とか百万、都合をつけてくれと彼から連絡があった。義兄から電話が掛かり、お金をこれから赤坂へ届けに行くらしい。今度は本物かな、と思うと少し元気が出た。

店や事務所へ電話すると女社長が出る。初めはお金を用立てたお礼を言われたが、何度目かから家へ帰して欲しいと伝言をするようになった。女社長も次第に「いない」の返事に変わった。言葉のニュアンスで大体分かる。彼はいる。迎えに行った時に赤坂の店で数度女社長を見掛けた。ブクブクと豚のように太った女だった。

六月の末に再び女社長に電話をした。お互いに言葉の応酬が続いた後のことだった。

「先日もお願いしたように夫が妻の許へ戻るのは当然で、夜だけでも帰らせて欲しいんですよ」

今まで喉元で溜まっていた言葉を一気に吐き出した。これには女社長も驚いたらしい。

「結婚もしていないのに」

「ちゃんと結婚していますよ」

私は宣言した。息をのむ気配がし、にわかには信じられないといった雰囲気が伝わる。女社長は彼と結婚する積りでいて、彼もまたそのように振る舞っていたと言う。女性も何人もいるらしい。しかし、もう衝撃を覚えはしなかった。女社長に事実を白日の下にさらした今、後はなるようにしかならないことを覚悟していた。結局、越ケ谷の土地も真偽は定かではなくうやむやになった。私が土地や家を買う為に用立てたお金も、義兄から借りた現金も全て店の為に使ったに違いない。

この件を義兄に打ち明けると、彼と結婚していることを話して良かったかも知れないと断言し、彼が本当に私を必要としていたならば戻って来るだろう。彼次第で私の取るべき道をハッキリさせるしかないのだとも。あの女社長が黙っているとは思えないが、私は時間を見測らってはたまに一ツ木通りの店へ彼を迎えに行ったりした。店に古くからの馴染み客がいて、彼らは早く子供を作りなさいとか、子供が生まれたら家族づき合いをしよう、と慰めてくれる。

突然、女社長から電話が来た。彼と連絡が取れないが知らないかと尋ねられ、そこで私は再び鈴木啓子の名前を耳にした。気分が滅入った。夜中に彼から電話が来た。受話器を通してテレビの音が聞こえる。私は迎えに行くから電話番号と住所を教えてと言い、三ノ輪まで出掛けたが電話番号も住所も出鱈目だった。これが現実なのだ。どんなに愛しても、どんなに待っても私の心は届かない。もう理性を保つことに疲れ果てた。やっとけじめをつける決心をした。

彼を殺して私も死のうかと幾度も考え悩んだ。だが愛しい人を傷つけることなど私にはどうしても出来ない。この世から消えるのは私だけでいい。

手元には京都で買い求めた睡眠薬が一瓶ある。そして義父が置いていったハワイ土産のブランデーがある。私の心も体も彼を失ったら生きてはいけない。最後の話し合いが壊れた時に、私はその酒で薬を飲み命を絶とう。

大好きな京都の町で十代の私は、こうなることを予想し買い求めたのだろうか。

話があるから帰って来て、と彼に電話をした。心はもう泡立つこともなく静かだった。私の命を懸けた言葉は聞き入れられず、彼は冷たく背を向けて立ち去った。彼の消えたドアの前で私は呆然と立ち尽くした。全てが終わってしまったのだと。

遠くで電話が鳴っている。潮騒のようにその音は少しずつ大きくなっていった。結局私は死ねなかった。無断で店を休んだ私を心配した明日香が、電話を寄越したのだ。一昼夜が経過していた。朦朧とした意識で受け答えする私に、

「やったんでしょ。店が引けたら行くから」

シーツ類は血で汚れ、手首を浸した花器の水は真紅に染まっている。数か所切った皮膚は血がこびりつき、生々しい傷跡だけが幾筋も残った。何も考えられない。部屋中に酒と血の匂いが充満している。のろのろと両腕に包帯を巻き、汚れたシーツを取り替え服を着替えた。駆けつけた明日香はおにぎりを持参していた。死にきれなかった私は、まだ彼の影を引きずっている。

明日香に、彼へ電話をして貰った。数分後、彼から迎えに来いと連絡が入った。しょん

ぼりと俯く私と明日香の大きな瞳に睨まれ、異変を察した彼は黙ったまま車に乗った。

家に戻ってから、明日香は彼を本気で責めた。

「俺が俺の女をどうしょうが勝手だろうが。お前に俺と美江子の何が分かると言うんだ」

明日香に冷たい言葉を浴びせ、帰れと怒鳴る。彼に言葉では誰も勝てない。憤慨しながら目にいっぱい涙を溜め、後ろ姿に怒りを滲ませ明日香は帰って行った。

「どうして死ななかったんだ」

その一言をどう受け止めれば良いのだろうか。私は生きようとして剃刀の刃を引いたのではない。この世から私という女を消してしまいたくて、アルコールが全身の血液を排出してくれることを望みながら、睡眠薬を飲み、刃を幾度も手首に当てたのだ。

この自殺未遂が彼にどんな衝撃を与えたのか、私は知る由もない。翌日私は馴染みの産婦人科へ行った。傷を見た医師は、彼のことを怒りながら傷口を縫った。包帯を巻いてくれたのは保護観察中の女の子だった。巻きながら吐き捨てるように過激な言葉を吐く。

「馬鹿だね、何で自分を傷つけるの？　私だったら相手を刺してやるわ」

私が命を懸けようが懸けまいが、現実は少しも変わらなかった。友とは有り難い存在である。田辺さんが私を心配し、他人の為に自分を失くすことはないと電話口で叱咤し、

「ここまで来たのだから、はっきりと自分の意思表示をすべきだ」

と、諭された。だが肝心の私がふわふわしていて決められないでいる。頻繁に明日香が

来てくれた。死に損ねてから死という文字は跡形もなく脳裏から消え、あの激しい感情の波も水を打ったように静まり返っている。

妹に時々来て貰い入浴の面倒を見て貰った。その時の妹の気持ちに私は全く気づかなかった。かなり衝撃的な出来事だったのだろう。妹が帰省した折に酔った勢いで〝情けなくて涙が出て仕方がなかった〟と、零していたと後に姉から聞いた。

あれ以来、私を困らせるような言動は少なくなったが、私の扱いに彼は悩んでいたようだ。

「一か月くらい、長野か北海道で静養して来い。生活費は送るから」

薬の後遺症で気管支を痛め咳が出る。彼の言葉を否定した後で私は訴えた。

「子供が欲しい」

「作ればいいいじゃないか」

子供でもいれば少しは耐えられると思った。

「ここまで来たんだから、最後までやりたいようにやらせろ。もし店が潰れても、つぎ込んだお金は取らなければならないからな。店が駄目になったら一度籍を抜け。田舎に連絡をするから」

彼の魂胆は少しも変わっていない。

「一人の女を幸せにすることも出来ないで、何が野心なの」

死の淵をさまよった女は怖い物知らずだ。私も少しだけ強くなった。

「昔は素直だったのに、今じゃ、お前の性格が分からない」

そう、昔の私は疑うことも知らずに一途で素直だった。それを変えたのは貴方。

貴方は気がついているのだろうか。いつの頃からか、貴方は私の知らない他人の匂いを身にまとい始めた。その匂いを嗅いだ時の、私の気持ちがいかばかりであったのか貴方は知らない。それを受け止めた私の身も心も凍りついたことなど知らぬだろう。


長野へ帰省する。実家はいい。何も考えず温もりの中でゆったりと一日を過ごす。彼の浴衣を母に教えて貰いながら縫い、レース編みをする。義兄や明日香が頻繁に電話を寄越す。ひと時でも慰められると嬉しい。うわべは平常心を保っているけれど、私の心はまだ凍えたままなのがよく分かる。私が自分自身を取り戻す時は訪れるのだろうか。

八月に入ると、明日香が彼女の実家へ誘ってくれた。彼女の実家は茨城の鹿島にある。大きな家に両親が住んでいた。私のことは良き友人として両親の耳に届いているらしく、郷土料理の〝鯉の洗い〟を料亭に依頼し歓待してくれた。咳が治まるのと入れ替わるように今度は、自殺未遂の後遺症が顔中吹き出物となって表れ、元に戻るまで更に一か月を要した。

父に、彼のような人間は諦めろ、と説得されても、私の答えはまだ出ない。八月の終わりに彼が迎えに来た。両親は普段と変わらぬ態度で接した。午後の汽車で東京へ。彼は慰謝料として五百万円を出すから籍を抜き、子供を育てて待てと、まだ宿ってもいない命を言い訳に、納得させようとする。

父に相談すると、迎えに来た時に何も話さないので変だと思っていた、それぐらいの額で返事をしては駄目だ、と父も依怙地《いこじ》になっているのがよく分かる。可愛い娘を傷つけられ怒り心頭のうえに、持っていき場のないもどかしさを味わっているようだ。

ところが事態は思わぬ方向へ歩み出していた。彼は借金があるから抜けられないと放言する。母が再び知恵を絞り出す。

「戻って来るなら、父ちゃんがお金を出すと言っているから、そう話してごらん」

本気ではないが私も、もうどうでもいいや的な気分になりつつある。が、全てをご破算にする勇気もない。心がまだあいまいな位置にあった。散々悩んだ末に、最終的な話をする積りで電話をした。対面での話し合いは、これで二度目となる。当日、私は録音機を買い物籠に忍ばせ、上からハンカチを被せて、話し合いに臨んだ。

条件は二つ。〝俺〟から手を引き、鈴木啓子とも別れること。両親がお金を用意すると伝えても彼の態度は翻らず、話し合いは巧みに慰謝料の話にすり替わっていった。籍を抜く条件で私に月々十万ずつ振り込み、四年二か月掛けて慰謝料を払うと約束した。私はうんと頷いたが、抜く気はさらさらなかった。半分以上は自棄気味《やけぎみ》だが、ここまで来てもなお往生際の悪い私であった。これから先もなるようにしかならないのだからと。

多少の不安を引きずり私は日常へと立ち返り、店へは吹き出物が治まってから出勤した。店内は変わらぬ騒音の中にあり、その間は何も考えないでいられた。

私が彼との関係を抱えながら店に出ていた時、初老の男性が店に雇われた。芸能界で一世を風靡《ふうび》したタップのあらじんこと荒木千尋だった。伴淳三郎や花菱などと共に活躍した、時代の寵児の一人であった。彼は人気絶頂の最中に病に倒れ一線から消え、病が癒えた後も芸能界に復帰出来なかった。

指名客の一人が席へ呼んだのがきっかけで親しくなった。彼は時々ステージに上がっては、得意のタップダンスを披露した。しかし忘れられた芸人に目を向ける客はいなかった。彼はかなりのヘビースモーカーである。自宅が同じ大塚なので帰りはいつも一緒。山手線を待つ間に、煙草から煙草へ火を移す間も惜しんで吸い続ける。白髪混じりの男前の顔は赤黒くシミが浮き出て、お世辞にも健康体とは程遠い。亡くなるまで「紫、紫」と娘のように可愛がってくれた。合掌。

女社長は彼に自分の姓で背広を数着作っていた。その背広を二着、私は若い客に名前を消してねと渡した。思うようにいかない私のささやかな腹いせだった。

妊娠

十月の爽やかな陽が室内に降り注ぐ。別れ話をしてから二日後であった。玄関の鍵を回す音が聞こえ前触れもなくドアが開いた。キッチンを過ぎ開け放たれた室内のガラス戸から、居間にいる私の元までその気配は届いた。顔を上げた目の先に彼が紙袋を手に入って来た。びっくりして、どうしたの？　と尋ねる。全てを清算して帰って来たと言う。信じられない展開だが、私は黙って受け入れた。母に事の顛末を告げ、私の貯金を送ってくれるように頼んだ。母は大金だからと腰にお金を巻いて上京して来た。

今度こそは本当のことだろう、と確信した。女社長との間で、どんな話し合いが行われたのかは分からないが、彼が作った借金はほぼ清算したかに思えた。背広も全て返却しなければならない。彼に二着足りないが知らないかと聞かれた。私は素知らぬ顔で知らないと答えた。

どんよりした午後、彼は人に会う、と駅前のドミノ会館へ行った。私は彼より一足遅く夕食の買い出しで家を出た。小雨がぱらつき出し、段々ひどくなる。彼は傘を持たずに出た。買い物のついでに傘を買い会館の中の喫茶店に赴き、呼び出して貰った。顔を出したのは鈴木啓子だった。顔を見るのも嫌なので急いで出ようとすると、話があると引き止められた。仕方なく席に腰を下ろす。怒りの眼差しを向けると、鈴木啓子は今度の件で決心がついたのでカリフォルニアへ行くと言う。

「これから彼と銀座へ行くので、一緒に来て欲しいのだけど」

人の夫を図々しくも躊躇せずに彼と呼ぶ。私は即座に断った。どの面下げて妻と彼女が共に歩かねばならないのか。

「あなたは、やっぱり女なのね」

鈴木啓子は言った。嫌な女、許せない。私の目の前から早く消えて、貴女にとやかく言われる筋合いはない。

彼が〝庵〟にいた数年間の給料と、家から持ち出したお金は一銭も戻らなかった。お金など欲しくはないが、その歳月の中で彼は何を得たのであろうか。ようやく訪れ掛けた穏やかな生活は、いつになったら地に着くのだろうか。

彼は規模の小さいキャバレーに幹部候補として入った。昭和五十二年に年が改まった頃に私は妊娠を知った。私が切に望んだ妊娠である。子供はいらないと彼に拒否されたが、私も二十九歳になってから母性本能が芽生えていた。どうしても子供が欲しい。女として生まれたからには、自分の血を分けた分身が欲しいと願った。それが原因で彼が去ったとしても産みたい。一人でも育てる決心を密かにしていた。

二月の中旬、私が競合店のホステスであることがばれ彼はキャバレーをクビになった。

小さな店なのに興信所まで使うとは。私は二月末で仕事を辞める。彼が次に見つけた会社の本社は新宿にある。店は中規模のキャバレーで日本全国にチェーン店を持ち、彼は幹部候補として勤め出す。堅実な会社で家族面接などがあった。この月は姪の結婚式などがあり忙しかった。

孫の結婚式で上京した義母は、その夜は私達の部屋に泊まった。六畳の部屋に布団を三枚敷き横になる。疲れて私がウトウトしていると、彼は寝たものと勘違いしたらしい。酒を飲み口が軽くなったのか私の妊娠と、自殺未遂の件を話してしまった。義母は動転したようだ。声のトーンが段々低くなっていった。翌日義母は都内の義姉の家へ戻り、長野へは次の日に行く予定であった。上野駅で待ち合わせ、ホームで待ったが現れない。電話するとどうしても行かなければ駄目か？　と聞く。長野へは知らせてある、と答えるとしぶしぶやって来た。息子から思いがけない話を聞かされ、行きたくないのは分かる。しかし長野行きは息子が設定したのだから、腹を括るしかないだろう。

両親は義母を歓待してくれたが、夕食の後で父は抑えていた思いの丈を義母にぶつけた。体格の良い義母が背を丸め小さくなり、顔を上げることすら出来ずに、すみません、すみませんと消え入りそうな声で謝り続けた。

まだ彼は時々家を空ける。ある時それでケンカになり、腹立ち紛れにこっそりポケットを探ると、女社長からの伝言の紙片を発見した。退いた後も数回お金を用立てたのである。

妊娠と分かった時、行きつけの産婦人科で大学病院の分院を紹介された。お腹は日ごとに膨らみせり出して来る。それにしてもうだるような暑さだ。買い物に出れば生暖かいビル風が吹き抜け、近辺の様々な生活の匂いを運んできた。アスファルトからの照り返しが暑さに拍車を掛けた。友人の五月も第二子を妊娠中である。お腹の大きい妊婦同士で喋りながら買い物を楽しむ。彼女とは、商店街で乳児や子供用の服を物色して歩いた後で喫茶店に入り、お喋りの合間にハンバーグやホットケーキなどの間食を摂った。

私は初産なので、赤ちゃんの着る服や前掛けなどに話が集中した。準備する服も男女着られる色を用意した。オムツは母が古い浴衣を縫い直し産着と共に送ってくれた。お祝いに明日香が折りたたみのベビーベッドを、客の土屋さんからは整理ダンスを頂いた。

勤めを辞めてからは彼の世話と、やがて母になる心構えを身につけていくことに集中した。ここへ至るまでに過ごした切ないまでの苦悩の日々は、彼が私の元へ戻った瞬間から目に見えぬ速度で解消していった。

一体あの日々は本当に現実の出来事だったのか？　と思える程に。両手首に残る傷跡と右側頭部の抜け落ちた髪、それが夢や幻でないことを物語っている。冷静になって考えてみると、正気と狂気は紙一重なのだ。彼も同じような狭間に捕らわれ、あがいていたのだろうか。故に、私達は不思議な結びつきの夫婦といえようか。これまでの言動を鑑みてもお互いが水と油であり、決して交わることのない男と女だったといえなくもない。

悪夢としか言いようのない日々を乗り越えた私は、この幸せを守り平凡に生きてゆく。彼の仕事に合わせての生活サイクルは、平穏に繰り返された。帰宅後は晩酌を楽しみ食事をする。一般の家庭と時間は異なるが幸せならそれでいい。

予定日の前日の明け方から何となく体の様子がおかしい。痛みのない鈍痛のようなものが時々お腹の奥に走る。

「ねえ、もしかしたら今日、入院するかも知れないよ」

冗談交じりに言うと、彼は食事をせずに出ていった。二人分食べなくちゃ、と考えながら遅い朝食。やはりおかしい。痛くない痛みなのに、それが来るとご飯が食べられない。時間を計ると十分おき。布団へ横になり様子を見る。気のせいか少しずつ痛みが加わって来るようだ。痛みは更に強く感覚が狭まって来る。

シャワーを浴びて必要な物を持ち、タクシーで病院へ向かった。病院には陣痛室があり、出産間近の妊婦が数人ベッドで横になっている。助産婦が陣痛の周期を計り、医師は産道の開き具合を調べたりと忙しい。

痛みが頂点に達して来た。私は痛さをどう耐えていいのか分からない。声を出し唸っていたら看護婦に叱られた。もう体中汗だらけ。十一時過ぎ、突然生暖かいものが足の間に流れた。

しまった、オシッコしちゃった——と慌てた。破水だった。分娩台へ上がる前に、もう一度破水する。

「いきみたくなったら、ブザーを押してください」

看護婦が分娩室を暗くして出ていった。間もなく下腹が猛烈な圧迫感に襲われた。これがそうかな、と思う。我慢出来そうにないのでブザーを押す。

「いきみたいんですか」「はい」「おい、いきみたいんだってよ」「やらしておけば」

私を間に医師と看護婦の、かなり無責任なやり取りが飛ぶ。こっちは苦しいし心細いのに。
三、四回のいきみの後に医師が、
「そんないきみ方じゃ駄目だ。いいかい、いきみが来たら深呼吸をして、吐いて、吸ってそのまま息を止めて、海老みたいに体を曲げていきむんだ」

初めから教えてくれればいいのに。早くこの苦痛から解放されたいと、叫び出したいのを我慢しながら……。

小さな命が産まれた瞬間。二度と味わいたくはない痛みが嘘のように消えた。

〝オギャー〟と、元気の良い泣き声に安心しながらも、手はあるか、足はあるかと心配になった。

「女の子よ」

助産婦が、羊水で濡れた小さな赤児を見せてくれた。手、足、一、二、三、あった五本ずつ、指が正常で良かった。

「産湯をつかわせて来ますからね」

何故か医師が胎盤を見て大騒ぎしている。それから、

「初めてなのに、いきみ方がうまいよ」

勝手なことばかり言って今更何よ。産湯をつかってほかほかの我が子の足に、体重と番号札がつき、私の腕にも同じ番号札が巻かれた。こんな調子で八月の半ば過ぎ、長女は無事に産声を上げた。私も温かいタオルで全身を拭かれ、着替えさせられすっきりした。

「二時間は休んでください」

お腹の上に冷却剤を載せ電気を消す。興奮して眠れそうもないが目をつむる。二時間後、看護婦が他の部屋へ私を移した。昼近くになって二人部屋へ移される。歩いても良いと許可が下り、彼に連絡する為に電話ボックスまで歩く。体が鉛のように重い。壁にすがりながら廊下の端にある電話機へ十五、六分掛かって辿り着く。彼は家にも店にもいない。何処へ行ったというのだ。腹が立つ。

翌日ドアがノックされ妹が顔を出した。生まれて三日目にようやく父親が来る。赤ちゃんの顔を見る？　と聞くが、見たってしょうがないだろう、の返事。どうなることやら。こんなで私は大丈夫なのかと不安が過《よぎ》る。明日来ると約束したのに音沙汰なし。それでもお義理にもう一度だけ顔を出した。

二人部屋から四人部屋へ移る。大役を果たした者同士、すぐに打ち解け和気あいあい。話に花が咲き、出産時の話になった。岡田さんは出血しても陣痛がなく、陣痛を起こす注射を打って貰ったらしい。いきんでる最中に喉が渇いて水を注文したり、医師の手を掴んで離さなかったり大変だったと笑う。医師がどっかと座りお腹を押された畦倉さん。目の前に大きなお尻があるんだもの嫌になっちゃうわ、とまたまた爆笑。

隣の近藤さんは生まれるまで二十六時間も掛かり、いざという時に疲れちゃっていきむどころではなかった。医師から、頑張らないと赤ちゃんが出て来ないから、頑張れと発破を掛けられても一日中何も食べてないし、お腹が空いて空いてもう力も出て来なかったの、と大笑い。

分娩室での様々な出来事を聞かされ、医師が優しくなかったのも、「初めてなのに、いきみ方がうまいよ」と言った言葉の意味も納得するものがあった。

授乳の時刻になると乳児室へ向かう。お乳が出過ぎて赤ちゃんが飲みきれない。真夜中にパンパンに張ったお乳を授乳室へ絞りに行く。搾乳機が電動なので気持ちが良いくらい出て乳房が軽くなる。

一週間が経過し退院の日がやってきた。母が産後の世話を兼ね来てくれた。迎えに来る予定の彼はまだ来ない。

入院の一週間前から隣の家が改築を始めていた。もう静かになったかなと思っていたのに連日の大音響。暑くても窓も開けられず私は発狂寸前。赤ちゃんは午後になると火のついたように泣き出した。

初めは母に赤ちゃんをお風呂に入れて貰う。洗濯用ポリのたらいで間に合うと思った。ところが赤ちゃんを入れようとしたら半分体が入らない。慌ててベビーバスを買いに出る。母は彼が毎日帰って来るにはと、あれこれ頭を巡らせ考えて来たらしい。私の手が小さい為、そのうちに赤ちゃんの耳に届かなくなるし、体は常に清潔でなければならないからと。毎日の入浴を彼にさせる魂胆だ。母の説得に彼は不承不承頷き、恐る恐る娘を受け取った。娘が彼の手の中で気持ち良さそうに目を閉じ、湯を浴びている。

産褥期間が過ぎたので母が帰った。不安で心細いが、母の戦術勝ちで彼は毎日帰宅し赤ちゃんを入浴させるようになった。小さな命を父親の手に託し安らかな表情を浮かべる娘に、彼は父性愛が芽生えて来たらしい。夜中でも起こして酒の肴に、私がパパよ、なんてのたまう。母のお蔭で娘を中心に、ようやく私達は父と母、そして夫と妻になれた。

娘の体重が増えていくのと並行し、母乳の出も活発になり、娘が片方飲みきれないまま満腹になってしまう。張った母乳は更に蓄積されてゆき、乳腺症の文字が頭を掠め出した。痛みを耐えながら絞る私を見て「俺が飲んでやる」と夫が言った。口に含んでみたものの乳児と違いなかなかうまく出来ない。乳を飲むには高度な技が必要で、舌を隙間なく乳首に絡ませないと吸えないのだった。四苦八苦しつつも何とか、吸う技術？　を夫は習得し度々私を助けてくれた。

オムツ抱えて

十二月に夫は北海道の函館に一か月の予定で出張した。娘と離れるのが辛いのか毎晩電話を寄越す。後から衣類を送る時に、娘の写真を数枚忍ばせた。十日が過ぎた頃、突然帰って来た。写真を見たら我慢出来なくなり、早々に仕事を片づけて来たと言う。

年が改まってすぐに名古屋へ転勤。ここから私の〝オムツ抱えて〟の道中が始まった。仕事の合間に住居を探すのだが、娘に会えない寂しさは辛いらしい。事あるごとに呼び出される。二か月の間に名古屋、静岡、柳ケ瀬とついて歩き、日中は出向いた先の町の喫茶店で仕事が終わるのを待ち、夜は寮に泊まった。

ようやく気に入った物件を見つけたので契約に来いと言う。また新幹線に飛び乗った。眼前に松林が広がり静かだ。部屋もゆったりした二ＤＫが気に入り、手付金を不動産屋に払った。すぐに荷造りをして待て、と夫も恵比須顔。東京へ戻り一息つき、さてそろそろ手をつけようかと思案を始めた時、

「おい、荷造りはちょっと待ってくれ。どうも大阪に転勤らしい」

お蔭で手付金は戻らず。更に二、三日後、

「今、大阪にいる。今度は長引きそうなので、こっちへ来てアパートを探してくれ」

朝は新宿の本社へ出社したのに、午後の電話は大阪からだった。

「本当なの？　また手付金を払ったと思ったら、転勤だなんて言うんじゃないの？」

「いや、今度は大丈夫みたいだ」

そんなやり取りを交わし私は再び娘を背に、着替えとオムツを片手に新幹線に飛び乗る。

翌日から子供を連れて住まい探しが始まった。探す場所が悪いのか、どの不動産屋の張り紙を見ても空き部屋はあるのに、必ず但し書きがある。○○歳以下の子供不可。何軒歩こうが物件が見つからず疲労困憊。住める所なら何処でもいいから、と東京へ帰った。

私の疲れた顔を見て夫も諦め顔で頷いたのだが、一週間経たないで新築の住まいを探し出した。金曜日に電話を寄越し日曜日に引っ越しだとの指示。慌ててしまった。幼い子連れの私が荷造りをし、住所、電話変更まで一日半で済ませられると思っている。「日曜の午後二時に業者が来るからな」と嬉しそうな声。呆れながらもやるしかない。

友人二人に子守りを頼み用事を済ませる。土曜の夜は妹に手伝って貰い荷造りをした。

業者は四時過ぎに来た。六時に詰め込みが終了し夕食を済ませ、さて新幹線に乗ろうと調べると大阪行きの最終は八時二十四分。困った、間に合わない。夫に電話すると怒っている。

朝一番の新幹線で大阪へ。車中チラッと頭を掠めたのは、娘と散歩中に出会い仲良くなった圭介君。どうしているかな。娘と同じ年齢で住まいも近い。十一月頃に富山へ行くと言っていたが……。冬の青空が一転した春先の穏やかな日は、娘をベビーカーに乗せ大塚の閑静な住宅街を巡って歩いた。巣鴨のとげぬき地蔵のある商店街へも、買い物を兼ねてよく通った。山手線沿いに道路が巣鴨から大塚方面へ伸びている。あまり車が通らず歩道にはツツジ等の木々が植え込まれ、所々にベンチが設えられていた。圭介君とお母さんにはそこで出会った。たった数か月のつき合いだが思い出深いものがある。

旅館で一休みし、新しい住まいへ行く。場所は西賑町《にしにぎわいちょう》でマンションは段差のある土地に建てられていた。前の道は行き止まりとなり、そこから石段が下に続き広い道路へとぶつかる。マンション前の道の中央に、大きな老木が一本高くそびえている。この木はご神木か何かで伐れなかったらしい。一階は石段の部分に位置し喫茶店だった。住居は二階から上で使い心地は良かった。ベランダから下を覗くと喫茶店側は三階の高さだが、ベランダの右側は一階まで垂直な壁面となり、日本家屋の屋根が様々な色合いで眼下に望めた。その垂直な高さが、ちょっと怖い。

寝室の窓から老木が広げた枝が色々な形を見せ、夜ともなれば不気味な風合いをうかがわせた。買い物は近場にマーケットがあるが、散策しながら近辺を探索する。マンションの近くに松屋町。大阪ではまっ・ち・ゃ・ま・ちと呼ぶ、人形問屋がひしめき合う通りがあった。

長野の母がお雛様を買うようにとお金を送って来た。私はそこで七段飾りを買った。足を伸ばしてみる。コトコトとベビーカーを押し、黒門市場、宗右衛門町などを探索。黒門市場は何処の店もフグだらけ。一般的な市場とは違い一種独特な雰囲気が漂う。暇なのでしょっちゅう行き、路地をあちこち見て回った。

十二月に入って今度は鹿児島へ転勤となった。まだ一年も経っていない。娘はやっと一歳と三か月になったばかり。この時も夫が先に鹿児島へ行ってしまった。今度は遠いので来いと催促はないが、手早くアパートを探したのか、忙しく荷造りをせねばならなかった。

空港の玄関から外を見ると、そこはもう南国の風情と情緒に満たされた地だった。頬に掛かる風も生暖かく、陽光は十一月とは思えない暖かさ。空気さえ今までとは全く異なった匂い。桜島がもたらす硫黄が鼻をつく。飛行機から降りた途端に感ずる異質な感触に思わず戸惑う私。何か予感めいたものが働いたのだろうか。私の五感が嗅ぎ取った鹿児島は、すぐには馴染めない違和感を覚えさせた。

直通バスに飛び乗り天文館を目指す。道の両側に大きなシュロや南国の巨大な木々が、しまりのない様相で立ち並ぶ。思えば遠くへ来たものだと、それらを眺めながらつくづく思った。市内へは小一時間も掛からないで入る。空港から続く道路も町中の主要道路も広い。西郷隆盛像を車窓から眺め、しばらくすると、バスは天文館と書かれた看板の近くで停車。ビルの間はアーケードになっていて、鹿児島随一の繁華街らしい。

バス停で待っていると夫がやって来た。娘の顔を見ると途端に相好を崩す。親馬鹿丸出しだ。とりあえず天文館の近くのホテルへ落ち着いた。夜は料亭で鰻の蒸籠《せいろ》蒸し重を食べる。お前は鰻が好きだろうと連れていってくれた。嫌いではないが、私にしてみれば江戸前以外はうな重とは思いたくない。香ばしさもなければ歯ごたえもなく口に合わなかった。

夫は着実に出世街道を驀進していった。何をどうしたのか私には分からない。しかしただ一つ確たることは、夫にはそういう素質がもともと備わっていたのではないかと思う。勿論、夫の日々の努力の積み重ねもあるのだろう。〝庵〟での失敗は若さゆえであり、若さの中に邪《よこしま》な心があった。その経験をもとに二度と同じ蹉跌は踏まなかった。夫の仕事は店を建て直すことであった。任された店がどんな場末にあろうと、瞬く間に売り上げを日本一にしてしまう。

鹿児島へは支社長の役職に就いてやって来た。義母は息子が出世し社長になることが夢であったようだ。私は義母の切望を知り、夫の役職が上がる度に電話や手紙で知らせた。その時の義母の嬉しそうな声を思い出す。

新居は西千石の四階建てビルの最上階で、噴煙を上げる桜島の全景が見えた。

鹿児島に来て驚いたことがある。住まいから五、六分で行ける距離にストアのような市場があった。買い物籠を片手に入口から順に覗いて歩いた。生鮮食品には東京や大阪にはない食材が並べられ、どの売り場を見ても興味が湧いた。いよいよ魚が並んでいる売り場に近づいた。今夜はどの魚にしようか、期待で胸を膨らませ売り場の前に立った。並んでいる魚を目にした途端に全身が固まった。信じられない光景を目の当たりにしたからだ。鮪や鰹、見慣れた魚の姿が一匹もない。年配の男性がチラリと私を見る。豊富に並べられた魚はどれも原色で熱帯魚を見ているようだった。我が目を疑いつつ、ようやくかすれた声で、

「これって食べられるのですか?」

私のへんてこな問いに店主は、じろりと冷ややかな目でつっけんどんに返事をする。

何か知っている魚はないか。私は所狭しと並べられた魚達を目で探す。名前だけは知っている〝きびなご〟がある。後はないかと、落ち込みそうな心を奮い立たせる。あった!カラフルな色彩の中にやっと馴染みの〝あま鯛〟を見つけた。夜、仕事から戻った夫にその顛末を私は話して聞かせた。その後、熱帯魚のような魚達を食卓に載せる勇気が湧かなかった。

鹿児島は漁港で水揚げされる筈なのに、それらは一体何処へ消えたのだろう。引っ越して慣れる間もなく正月を迎えた。夫は大晦日の閉店後に店の従業員達を家に呼んだ。何人くらい来るのかと尋ねた時、夫は四、五人くらいだと答えた。おせちを三段の重箱に詰め、スルメや柿の種等の乾き物を買い、出来る限りの料理を用意した。

ところがドヤドヤと勢いよく現れた男女の数は、その倍もいた。あっという間に重箱は

底をつく。残りの料理や別に用意しておいた料理も、出した途端に皿だけになる。台所にある材料を総動員しても足りそうもない。買い物に行きたくても、この夜中に開いている店などなかった。

「おい、何かないのか」

夫が催促する。お雑煮用の牛蒡が目に留まった。キンピラにしようと牛蒡を切っていると、一人の女の子が炒めるのを手伝ってくれた。味つけは砂糖をこれでもかという程大量に入れ、醤油をどばどば掛けて出来上がり。それも僅か二、三分で空になった。無理もない。皆三十前の若者達ばかりなのだから。あのキンピラの味つけは半端な濃さではなかった。

たいした時間も経っていないが何もないよりはと、最後に出すお雑煮を大鍋で作り出した。正月用にと用意しておいた切り餅も全て入れたが、まだ足りそうにない。

流石に夫も私の窮状を目にして、酔いの回った口調で、

「おい、町へ繰り出すぞ」

掛け声とともに皆を急かした。今までの賑やかさは潮が引くように静かになり、残された私は緊張が一気に緩み惚けた状態になった。テーブルの上には大量の空いた椀や皿、コップ、そして焼酎やビールの匂いだけが煙草の煙と共に残った。

ある日の昼頃だった。娘と同い年くらいの文子という女の子を夫は抱いて来た。

「おい、この子を何とかしてくれ。このままだと母親が殺しかねないから連れて来た」

女の子はむずかりもせず大人しい。店には寮があり女性達は皆住み込みで働いている。大方が子連れで住む場所のない女性達だった。結婚生活に嫌気が差したり、あるいは暴力を振るう夫の許から逃げて来たりと、何かしら事情のある女性ばかりが集まっていた。

文子の母親は子供を全く顧みず育児放棄をしていた。幾ら夫が諭しても聞く耳を持たず挙げ句の果てに、こんな子邪魔だから早く死んでくれたらいいのに、とうそぶいたという。

文子はおかっぱ頭の色白で、ちょっと斜視だが可愛い顔をしている。しかし汚い。両目は目ヤニで覆われ、耳垢が溜まり鼻まで詰まっている。おしめをしたお尻はかぶれて真っ赤、ガリガリに痩せ細り泣き声さえか細い。

夫は文子を置いて仕事へ戻った。文子は生気がなくぐったりして今にも死にそうな気配である。何処から手をつけて良いのかひるんだが、まず医者に連れてゆかねばならない。触るのも嫌な気がしたが、雑巾でもつまむようにして風呂へ入れた。

小奇麗にしてから医者へと思うのだが、目ヤニも耳垢も鼻くそも、しっかりとこびりつき、僅かしか取れず私の手には負えなかった。それでも幾日ぶりに入ったのであろうか、湯船の中では目を閉じ気持ち良さそうな表情を見せた。

娘を背負いベビーカーに文子を乗せ、小児科で事情を説明した。医師はじっと見つめていたが、やおらピンセットを手に少しずつ鼻くそを取り出した。次に目ヤニ、耳垢と、皮膚に傷をつけないように丁寧に取り除く。診察はそれだけで診断は栄養失調と風邪で、「兎に角、何でも食べさせて体力をつけさせて」

指示だけで薬の類いは出なかった。何か肩透かしを食った気分で家に戻る。夫の話では、母親は文子を医者へ連れていったことがないという。まだ幼いのに大人し過ぎて赤ちゃんらしさがない。黙って炬燵にちょこんと座っている。私が娘にお乳を飲ませていても、じっと見ているだけ。林檎を剥いて手に持たせると、むしゃぶりつく。ビスケットも同じ。余程ひもじかったと見える。母親は母乳以外は何も与えていなかったらしい。

夜、一緒の部屋に寝かせるのが嫌で一晩、二晩、居間で寝かせた。幼児なのに泣きもせずに眠る。私が娘と文子をあからさまに区別しているのを見ても、夫は黙っていた。心の狭い奴だな、と心中で呆れ返っていたのかも知れない。私は突然背負わされた他人の子を、外見では娘と同等に扱い、内心では邪険にあしらっていたのだった。

文子は私が台所へ立つと音もなく側に来て、上着の裾をしっかりと握っている。泣いているのだが声がか細くて初めは気付かなかった。歩くと一緒になって歩く。立っている間中は服の裾を離さない。

ある日娘にお乳を与えてる時に、文子も一緒に抱っこして片方を飲ませた。文子は小さな手で乳房を抱き吸いついた。これまでの私の仕打ちとは関係なく無我の表情を見せて。

そんな文子を見て私は無性に愛おしさが湧いて来た。俄然、文子に対する母性が溢れ出す。その夜から私と夫の間には娘と文子が眠るようになった。夫は優しい眼差しを娘達に注いでいた。

一週間、十日経っても母親は顔を出さない。文子はすっかり元気になり、大きな声で泣くし、よく食べる。炬燵に入りテレビを見てコックリ、コックリ、船を漕ぎ座ったまま眠り出す。朝は七時頃に目が覚めるので私は大変だった。夫にそろそろ迎えに来るようにと催促するが、一向に来る気配がない。数度目の催促でようやく母親がやって来た。

娘と遊んでいた文子は母親の姿を認めた。私は多分行かないだろう、と高を括っていたが、母親の姿を目に留めるや否や、転がるように母親に飛びついていったのだった。呆気にとられると共に、そのショックは想像を絶した。あまりの衝撃に私は言葉もなく立ち尽くした。目の前の光景が信じられない。文子は母親の乳房をまさぐり、夢中で乳を飲み始めたのだ。

礼も言わずに母親は文子を連れていってしまった。母親に抱かれた文子は一度も私を見ることはなかった。日が経つにつれ、私は文子が心配でたまらなくなった。元気にしているか、ちゃんと食べているかと。考えた末に思い余って夫に胸の内を伝えた。

「ねえ、文子どうしているだろ。うちで引き取らない？　同じ年だし唯の遊び相手にもなれるし。親に聞いてみてよ」

「そうだな、分かった」

水を向けると即座に返事があった。母親は夫が切り出した提案を拒否し、

「文子はもう離しません。私が育てます」

はっきりと言ったらしい。その言葉を聞いてもなお私には多少の不安が残った。夫は夫で、頻繁に寮を訪れているようだった。本当に元気なのか、私はお菓子を沢山持って娘を連れて寮へ行ってみた。居間のような部屋で、子供らは賑やかに走り回って遊んでいる。その中に文子の姿を見つけたが、文子は私達に顔を向けることなく、子供らと走り回っていた。娘はその輪に入ってゆけずに、ただ眺めている。がっかりした。あんなに可愛がって育てても、文子からすれば私は赤の他人なのである。短くも一緒に暮らした頃は、必然的に私を必要としたに過ぎない。幼くも生きる為の術で、一時的に私を頼っただけなのだった。空しい心を抱えて私は早々に寮を出た。


また穏やかな生活に戻った。どうやら妊娠したらしい。つわりが段々ひどくなって来る。初めの時とはまるで違う。様々な匂いに反応し吐くようになった。起きていられない。一日に洗濯、掃除をするのがやっとで風呂にも入りたくない。胃は食べ物を受けつけず、一日中むかついた。フラフラする体でストアへ買い物に行くが、その具合の悪さは半端ではなかった。吐き気を堪え買い物をした。赤ちゃんの為に少しでも食べねばならないが、ま

るで食べられない。唯一食べられたのはビスケットであった。お茶はどんなに茶葉を濃くしても味がなく、一本が三、四回で空になる。コーラのオレンジ味が何とか飲めた。ビスケットを口に入れ、炭酸の効いたオレンジジュースで飲み込む。台所でゲーゲーと吐く。吐くものがないので、苦い胃液と血まで吐いた。張る筈の乳房も弾力を失い老婆のように垂れ下がった。顔色は土気色で眩暈はするし見る間に痩せ衰えた。

私の衰弱の激しさに夫は食事の用意はするなと言い、外食に出たが、臭いが鼻につき食欲が湧かない。夫は毎日娘と外で食事をした。約一か月近く、辛いつわりは続いた。

部屋の環境も良くなかった。四階なのに部屋も押し入れの布団も湿っぽい。更に三和土やドア外の階段に蛆虫までいた。片づけても次の日になるとまた出ている。

大家に訴えたが、そんなものはいない、と否定された。台所から続く板の間の洗濯機の辺りに、何かがあるような気がする。考えた末に別の住まいを探して欲しいと夫に頼んだ。

二月の中頃、甲突町のサンハイツの三階に越した。前日まで寝ていたので体が思うように動かず、荷物は収まる場所へ運んで貰った。

昼頃、夫の計らいでレジ係の女性が手伝いに来た。三ＬＤＫなので広々とした明るい部屋でベランダもある。エレベーターもあるし一階がストアなので助かる。

鹿児島は大阪より食料品が高く、魚などは種類が少ない。夏場になると桜島の灰が風に乗って降る。煙も風に運ばれ硫黄の匂いと混ざりやって来た。空気は良くないが環境はよく前の部屋とは雲泥の差で明るい。つわりも大分落ち着いて来た。ここに越して良かったと思った。少しずつ食べられるようになり、乳房もふっくらとして来た。産科のある大きな病院が近いので安心感がある。月数よりお腹が大きいと医師に注意を受ける。

もしかしたら一か月早く生まれるかも知れないし、双子かも知れないと思ったり、夫と話し合って笑ってしまう。そんなに都合よくいく訳もないのに。

娘が産まれてから夫は、子供は四人欲しいと望んだ。何故四人なのかは分からないが、

「賑やかでいいじゃねえか」

二度とあの痛さはごめんだと思っていたのに、どうしようかな、と少しだけ前向きになった矢先に妊娠したので、じゃ産んでみようと決心した。女って強い。定期検診の度に医師から食べ過ぎだと注意を受ける。これ以上太ると妊娠中毒になると脅された。食べる物を私なりに控えてはみるが効果はなかった。

マラソン大会が三月に沖縄で行われ、出場した義父が帰りに寄った。この義父は少し変わった人で、自分が良ければそれで良しの人のようである。孫の面倒を見るなど彼の頭には存在しない。何もせずに出されたものを食べた。一日中顔を突き合わせていても飽きるので、散歩を兼ねて城山へ一緒に出掛けた。舗装された山への道すがら、娘がぐずっても知らん顔。つわりも治まり掛けてはいたが娘を抱く体力がない。手を繋ぐとか、おんぶしてやるなどの行動はなし。娘を背に、腹を立てながら頂上を目指した。城山はかつて西郷

隆盛率いる薩摩義士が敵軍と戦った戦闘地であった。高い山ではないが九十九折に続く山道の入口に、隆盛像や鶴丸城がある。道々行くと義士が隠れ潜んだ洞窟跡が幾つもあり、それらは当時の激戦の凄まじさを物語っているようで、空恐ろしくもあった。

道の両側にはシュロやバナナの木が、たわわに青い実をつけていた。椿はビロードのような色合いの深紅の花びらを幾つも広げ、触ってみるとぼってりとした感触がする。南国ならではの花びらの厚さに感心したものだ。楽しみながら歩ける道中である。頂上にはホテル、公園や展望台などが散らばり観光化されている。

薩摩芋が産地なので石焼き芋の店が随所にあった。とりあえず一巡りし自宅へ戻った。翌日は熊本の動物園へ行った。特急で約二時間の距離にある。天気もよく見物して歩いていると、真っ白な孔雀が一斉に羽を広げ日向ぼっこしている場面へ遭遇した。きらびやかな孔雀も良いが、純白の羽を持つ孔雀は清楚で気品が漂う。あれは圧巻だった。

一向に腰を上げない義父に、北海道へはいつ帰るのと尋ねても、別にいつでもいいとのんびりした返事。冗談じゃない。やっと安定して来たお腹にこれ以上ストレスは掛けられない。思い悩んだ末に岡山の義兄に電話をしてフェリーで送り出した。

私達は普通の魚に飢えていた。旨い具合に五月の連休を利用して、妹が彼氏と東京からやって来る。渇望していたキンキを数匹土産に頼んだ。妹達が着いた夜に早速キンキの調理に入った。久しぶりに食べるキンキは美味しかった。

昼間は暇なので娘のベビーカーを押し、買い物がてら探索して歩いた。歩いていると、四、五階建てのビルの前に出た。入口に食べ物屋の案内板がある。階上に江戸前鮨○○の標示を見つけ、何があるのか興味本位でエレベーターに乗った。どうせたいしたものなんてないだろうと、あまり期待をせずに鮨屋の前に立った。

えっ？　我が目を疑う。鉄火巻？　嘘！　看板の文字が信じられずに何度も確かめた。鉄火巻はあるが鮪の握りはない。その日の夕食は鉄火巻の折詰を前に、久しぶりの鮪を味わった。

体調が落ち着く頃から月に一、二度、下腹の辺りにずぶっと針で刺されたような、強烈な痛みが数秒間走る時があった。あっ、痛っ、と息を止めるのだが、すぐに治まる。変だなと思うくらいですぐに忘れた。変調をきたしたのは義父を岡山へ送り出した後だった。前日の定期検診でも異常はなかった。

朝、夫を送り出し、さあ洗濯をしよう、と洗濯機を回し始めた。さっき済ませたばかりなのに、またトイレへ行きたくなった。力みもしないのにお通じがはかどる。痛みはないのに尿道が圧迫され出した。手で確認してみると何かが出て来ている。慌てて押し戻す。気のせいか急に下腹が下がったように感じた。おかしい。ようやく異常事態をのみ込んだ。病院へ行くにも娘がいる。どうしたらいいのか、パニック状態に陥りながら考えた。頼るのは夫しかいない。

電話口に出た夫に現状を説明した。

変だと思って鏡で覗いたら風船みたいなのが出て来て……何か、出て来ちゃいそう、どうしようと、泣き出した。夫も驚いたのか、わかったすぐ帰ると電話を切った。夫に娘を預けタクシーで病院へ。

産道が開口しているらしく即入院。絶対安静。事情を看護婦から夫へ電話して貰う。生まれて初めて点滴をされる。昼過ぎに夫が泣き顔の娘を連れてやって来た。長野の母に来て貰うように手配したと言った。

夕方から定期検診の時の女医が主治医になった。鹿児島は、日本初の種子島の五つ児ちゃんで一躍有名になった県である。

痛みはないのに苦しくて仕方がない。早く何とかして欲しい、そればかりを切望した。

病院側は赤ちゃんを持たせるような処置を施しているらしいが、六か月から七か月の赤ちゃんでは、手を尽くしても二、三日しか生きられないと女医に言われた。ベッドの横には陣痛の波や、心音を調べるコンピューターの機械が置かれている。赤ちゃんがよく動いているのか心音がすぐに移動し、看護婦が何度も心音を探り直す。

私は大丈夫かな、駄目かなと何度も思う。夫は絶対持たせろと言う。気の遠くなるような長い時間、気が張って眠るどころではなかった。突然、出血しているような感触がし、看護婦を呼んだ。パットを当てて貰うが、更に出血が激しくなって来たのでまたブザーを押す。

「これじゃ、分娩室へ行っていた方が無難みたいだわ」

ベッドごと分娩室へ向かった。数時間後、

「持たせるよう努力したけど、これ以上は無理だから仕方がない」

羊水の膜を破り赤ちゃんを取り出す準備を始めた。陣痛が来ないので私がお腹に力を入れると同時に、女医がそれっ、と阿吽《あうん》の呼吸でお腹を押す。赤ちゃんが産まれたが、泣き声が聞こえない。

「あれ？　もう一人いるみたいよ」

「えっ、本当？」

複雑な気持ちで答えた。

「一人じゃないみたいよ」

女医の声。私は三つ児じゃ困るわ、などと間の抜けたことを考えていた。女医は次の赤ちゃんの為に待っていたが、その間臍の緒を引っ張ったり、ぶらぶらと揺すり時間を持て余している様子。肌から伝わって来るその振動を私は不愉快に感じた。

「あら、切れちゃった」

その後の出来事は筆舌に尽くせない。二、三日しか生きられない、と聞いた時から半分以上は諦めていた。なので私は固く目をつぶり、赤ちゃんの顔を見せてとは言わなかった。

本当は元気な双子の赤ちゃんを産みたかった。てんてこ舞いするかも知れないけれど、私の赤ちゃんだもの。ベッドに戻ってぼんやりしていた。朝に女医が来て、赤ん坊はどうするのと聞く。頭が混乱し、よく呑み込めない。

「家へ連れて帰っても仕方ないわ」

「じゃあ、あっちへ連れていこうか」

と答えるが、女医の言う意味が噛み分けられないので、主人に聞いてくださいと、電話番号を告げた。分娩の疲れでウトウトしていると再び女医が顔を出した。

「電話して来たわよ。生きている赤ちゃん死なせる訳にいかないから、とりあえず保育器に入れて酸素を……して、……（?）するようにするわ」

妊婦が数人いる陣痛室で女医は更に声を潜めて、

「他の人達にこんな話、聞かせたくないので大きな声で言えないわ」

その時も私は女医の言葉を理解していなかった。

「秋元さん」

しばらくして呼ばれたので声の方に顔を向けた。女医が胸に何か白いものを抱いている。

「ほら」

白布にくるまれたものを見せる。小さな、それこそ二十センチあるかなしかの私の赤ちゃんが。一瞬、菩薩をイメージした。刷毛でスッと引かれた眉毛に閉じられた瞳、鼻筋が通り結んだ唇に仄かな微笑みを浮かべているかのような……。どうしてこんなに穏やかな慈愛に満ちた表情が出来るのだろう。

赤ちゃんの顔を見た瞬間の、私の胸の中《うち》をどう表現すれば良いのだろうか。あーっ、驚愕の表情を浮かべ声にならない声を発し、思わず起き上がろうとした。私のあまりの動揺ぶりに、女医は赤ん坊を隠すようにして慌てて部屋から出ていった。

涙が止まらない。ボロボロ溢れる涙。可哀相な赤ちゃん、もう少しお腹の中にいてくれたら、元気に生まれて来る筈だったのに……。同時に二人も失ってしまうのか。一目見たばかりに私の母性本能が一気に溢れ出し、張り裂けんばかりに心は千々に乱れた。

昼頃に歩けるようになり夫に電話した。先生からの電話にどう答えたのかを聞く。

「病院で始末するように言っといた」

「お葬式はどうするの」

「姿、形もないだろうが。墓だってないのに、どうするんだ」

夫は七か月の胎児がどのくらいなのか、分かっていなかった。

「だって、見たんだもん。ちゃんと目や耳なんかもあった。普通の赤ちゃんを二十センチくらいにして、菩薩様によく似ていたよ」

私は悲しくて泣きながら訴えた。

「じゃあ、好きにしろ」

お互いに父と母になり切れていない私達は、こんな罪のあるやり取りを交わしたのであった。この時の女医の処置が正しかったのかは私には判断がつかない。ただ言えることは、五つ児ちゃんは私の赤ちゃんと、ほぼ同じ体重だったと記憶している。医療チームでは生かす為に、あらゆる先進医療を駆使して誕生させたではないか。

それであれば充分に保育器の中で生き延びられた筈であった。その努力をおざなりにしたとしか言いようがない。命の重さは等しいというのに……と。悔やまれてならない。

私が入院してから夫は娘を連れて出勤していた。病室に娘と来た夫に私はシクシク泣きながら、なんだかんだと訴えた。夫はどうしようもないだろうと呟く。夕方に部屋が変わった。この部屋は三人部屋で、様々な状態で赤ちゃんが望めなかった人達ばかりがいる。

退院の日に生きて生まれた赤ちゃんの葬式は、夫と娘のたった二人の寂しいものだった。小さな骨を幼い娘の手に手を添えながら骨壺に収める。哀れで涙が出て仕方がなかったと夫は呟き、二度とこんな思いはしたくないと肩を落とした。私は勘違いをしていた。知らぬこととはいえ一緒に生まれたのに、一人は闇に流れ一人は名前をつけ供養して貰えた。

こんな理不尽が許されてもいいのだろうか。これは無知な私が引き起こした罪であった。後悔しても遅い。授かった二つの命を殺してしまった事実に変わりはない。私は生涯拭いきれない罪を背負って生きねばならないのだ。

飲む児もいないのに乳房が張り、お乳がブラウスを濡らす。女でなければ味わえない苦しみだ。母がお骨を実家のお墓に一時預かると持って帰った。

八月に夫が東京へ行くので一緒に行った。三日後に夫は鹿児島へ帰り、私は用事で上京していた姉と合流し、長野へ向かった。

実家で娘と私は一か月間ゴロゴロと寝ては食べ、神社で蝉取りや散歩をして休暇を楽しんだ。お蔭で私はよく太った。夫からは早く帰って来いと毎日催促の電話が掛かる。

月が変わってから鹿児島へ帰宅した。家の中は砂だらけで、まず掃除から始める。冬場は偏西風に乗って桜島の灰が町中に降るというが、一年中降っているのではないかと思う。窓を閉め切っていても隙間から入り込み、一日に五、六回掃除しなければならなかった。東京で南国の人が、日傘を持って歩く理由が分かった気がした。

最近、夫は頻繁に会議で東京へ出向くことが多くなった。もしかしたら沖縄へ転勤かも知れないと言い、また東京へ発った。案の定、転勤の辞令を持って帰って来た。行き先は東京だった。天文館の店は夫の手腕で、売り上げを伸ばし日本一になっていた。

東京と聞き私は嬉しくて仕方がなかった。

夫の転勤はいつも急で、私はその都度寝不足になりながら荷造りをする。午後の便で鹿児島を後にした。珍しく夫が羽田まで迎えに来て意外な話をした。天文館店にいた源氏名阿部智子の彼の会社が倒産したので、夫を頼りにして家族で夜逃げをして来ていると言う。

彼女は私が双子の赤ちゃんを早産した時に、メロンを持って病室を訪れてくれたことがあった。二児の母には見えない程若く綺麗な女性だった。見舞いを述べた後に彼女は告白をした。

「私は支社長が好きです。支社長に告白したら俺には美江子がいる。お前が敵う女ではないから諦めろと言われました。だから奥さんがどういう人か会ってみたかった。でも、奥さんを見てハッキリ分かりました。悔しいけど諦めます」

秋元の妻がどんな女なのかを探りに来た様子が、その言葉でありありと見て取れた。突然の来訪の為に、私は無防備な状態で接したのだが、彼女は私の何処を見て諦めたのだろう。

私には初耳の出来事ではあったが、九州の女性って情熱的なんだな、と思ったものだ。たとえ相手に妻がいようとお構いなく自分の思いを伝え、真っ直ぐに突き進む。後先も考えずに、ただ自分の情熱をぶつけてゆく。おおらかな南国の女そのままに。

私は面白くなかった。良い思い出の一つもない鹿児島から、やっと抜け出せたというのに、いつまでもまといつく不快感。まだ十月なのに旅館の部屋はやけに肌寒かった。

東京での住まいは北新宿でコーポとは名ばかりの、年輪を感じさせる鉄筋コンクリート二階建てで部屋全体が薄暗い。住宅街にある為にひっそりとしている。住居は一階でベランダの外は建物と同じ幅に細い庭が続き、ソテツや葉蘭、庭石がバランスよく配置されているようなのだが、雑草に埋もれ見る影もない様相を呈する。

また庭の前は、三メートル以上はある高いコンクリートの塀で遮断されていた。高くて見えないが塀のあちら側は、何処かの会社の敷地になっているようだ。

娘は鹿児島からの咳がひどくなり、鼻水も出だしたので町医者を探した。頻繁に通っても少しも良くならず夜になると熱を出す。折り悪く大型台風二十号が、日本を横断している最中で東京も大荒れ。夫は千葉の店舗へ泊り掛けで留守だった。娘に座薬を入れまんじりともせずに夜を明かす。台風は東京を抜け翌日の夕方は東北へ。

ここでの暮らしに慣れるとベビーカーを押し近所を散策して歩いた。楽しみは閑静な路地を歩き、それぞれのお宅を仕切る垣根の木々に咲く花を見る時だ。大体は椿が多く、乙女椿、侘助や八重椿などが見られる。ゆっくりと歩を運び住宅街の路地の情緒に浸り、至福のひと時を楽しむ。私流の楽しみ方だった。

千葉の茂原に出向いていた夫から、

「おい、着替えを三、四日分用意して、お前達も寮に泊まれる用意をして来てくれ」

娘会いたさに電話を寄越す。私はワクワクしながら紙袋に衣類を詰め電車に飛び乗った。駅前は夕闇に包まれていた。灯り始めたネオンを背にした夫の姿を見つけた娘が、

「パ、パ」

その腕に飛び込もうと二、三歩走り出し立ち止まった。私も夫の笑顔を見て思わず笑顔

を返した瞬間、歩き出した足を止めた。娘がすがるべき父親の両手は、あの阿部智子の兄妹が占領し、娘を抱き止める手は何処にもなかった。

どうして良いのか分からず、途方に暮れる娘の寂しそうな表情に、私の怒りが爆発した。

「どうして連れて来たの。唯《ゆい》が困っているじゃないの」

泣き顔の娘の手を引き、プンプンし夫を非難する。

「一緒に遊べばいいじゃないか」

「冗談じゃないわよ」

そういう問題ではない。一分一秒も離れているのが辛くて呼び出したくせに。娘が悲しむ姿を可哀相だと思わないのかこの人は。寮へ着くと夫は私達を部屋へ招き入れ、兄妹を託児室へ連れていった。

戻って来た夫に腹の虫が収まらず、勢いで紙袋を邪険に押しつけ、

「泊まらないで帰る」

強気な態度を残し、さっさと娘の手を引き駅へ向かった。夫は呆気にとられたような顔で、私の剣幕に取り付く島もなく見送る他なかったのである。

夫の転勤で大阪、鹿児島と見知らぬ土地を私達と共に転々とした娘は、娘なりに親とは異なった心労を蓄積していったようだ。それは親馬鹿の父親が引き起こした夜泣きだった。

仕事柄、夫は深夜に帰宅する。その時間帯に娘は夢の中でぐっすりと眠りについている。夫は毎晩軽く一杯飲む習慣がついていて、私は酒の肴を用意しておく。その夜も娘の寝顔を覗き、飲み始めた。

酒が入ると眠っている娘を抱きあげては、

「パパでしゅよ。ほら、パパでしゅよ」

何度も語り掛け、左右に揺らし、娘の眠りを覚ましてしまう。眠りを破られた娘は父親の思いのままに笑い声を立てた。酔いが回り自分が眠くなると私にバトンタッチする。そんなことが日常にあり、次第に娘はスムーズに眠らなくなり愚図るようになった。私が抱いてあやすと腕の中で眠る。若しくは背負いゆらゆらと揺らすと眠るのだが、よく眠っていると思いそっと布団へ移した途端に、火がついたように泣き出す毎日が続いた。悪いことに自家中毒を起こし、月のほとんどを医者通いに費やし私は困憊した。

その夜も娘はなかなか眠ってくれない。眠った頃を見計らい布団へ移す作業を何度か繰り返したが、その内に、体を海老状に反らせ顔面を蒼白にして泣きじゃくり出した。真夜中である。どんなにあやしても泣き止まない。それどころか、今にも息が止まるのではと思う程の激しい泣き方だった。とうとう救急車を呼んだ。

その後も夫は自分だけ満足すると、娘を私へ寄越し布団へ潜った。また娘が泣き出した。夫があやしても駄目だった。段々ひどくなる。

「黙らせろ！」「静かにさせろ！」夫の語尾が荒くなる。誰のせいで娘がこうなってしまったのか。夫は自分のせいだとは認めない。私も負けずに言い返す。とうとう夫が手を、いや足を上げた。抱いている娘に当たらぬように私の腹を蹴った。たいして強くはなかったものの、カッとなった私は叫んだ。

「こんな所にいられないわよ。何をされるか分かったものじゃないもの！」

子供を持った母親は強い。夫の愛を得る為に命まで懸けたのに。

「おーお、とっとと出ていけ！」

「今、出ていくよ！」

「二度と帰って来るな！」

娘を背負い、印鑑と通帳、キャッシュカード、おしめと娘の着替え少々を鞄に詰め、

「もし流産したら、貴方のせいだからね！」

今月は月のものがまだなかった。もしかしたら出来たのかな、と思い始めていた矢先に蹴られたのだ。吐き捨てるように叫び、飛び出した。私達の剣幕で娘はいつの間にか泣き止んでいた。

東中野の駅に来てみたが、行く当てもない。時刻は午前二時を過ぎていた。長野へ帰るにも終電はとっくにない。思い余って駒込の五月に電話で一夜の宿を申し出た。事情を聞いた彼女は快く承諾してくれた。タクシーで北新宿から明治通りに出て早稲田、目白へと

抜け池袋へ出る頃、静かだった娘が、

「どこへいくの？」

はっきりと私に問い掛けた。

「唯が夜泣きするからパパとママ、ケンカしたのよ。ター坊ん家へこれから行くの」

「パパは？」

「パパはいないよ。これからママと二人きりだよ。長野のお婆ちゃんとこ、行こうね」

「どうしてパパいないの？」

「唯が泣くからパパとケンカしたんだよ」

まだ三歳に満たない幼い娘が、少し考えた後にきっぱりと言う。

「じゃ、なかない」

夫とは売り言葉に買い言葉で口走ったことであり、別離が本意ではない。このまま私が意地を通せば、相手も引けなくなって意地を張ってしまうのではないか。夫の娘に対する溺愛ぶりを知っている私は戻る決心をした。

「本当に泣かない？」

幼い娘に大人の私が真剣に尋ねる。

「なかない」

「お家へ帰ったら、パパ、ただいまって言うんだよ」

「ただいま、っていう」

タクシーは池袋駅前を通り過ぎようとしていた。

「すみません。戻ってください」

確率は半々だった。夫も腹いせに家を飛び出しているか、それとも布団を頭から被っているか。私は後者に賭けた。きっと、いると。

鍵は持っていない。開けてくれなかったらどうしよう。複雑な気持ちを抑えつつ家路を辿った。家の中は真っ暗だった。ドキン。恐る恐るドアのノブを回して見る。開いた。もしかしたら夫も飛び出した後だろうか。手探りで電気を点け寝室を覗く。頭からすっぽりと布団を被った形の盛り上がりがあった。娘を背中から下ろし、

「パパにただいまは？」

枕元で娘に促す。

「パ、パ、ただいま」

「もう夜泣きはしないって」

不安の胸中を押し殺していたのだろう夫は、何処から出るのかと思う程の優しい声で、

「お帰り。もう遅いからママとねんねするんだよ」

と言った。不思議なことに、その日を境に娘の夜泣きはピタッと収まった。度重なる引っ越しと新しい環境に馴染めず、情緒不安定になった為だとようやく気づいた。このまま

ではいけないと悩んだ私は、同じ年頃の子らがいる保育所へ入れねばと決心した。

あちらこちらと見て回り最終的には、駅前に出ていた看板の私設保育所に電話してみた。『同じ年頃の子供と遊ばせてやりたい』の理由に、戸惑いながらも理解を示してくれた。幸い自宅の近くに系列の保育所があるから、そちらはどうかと勧められた。

利用者の多くは共働きか片親の子が多く、娘のようなケースは初めてだったらしい。保育所は自宅と目と鼻の先の、とあるマンションの一室だった。一時間五百円で預かるというので一時間から始めた。娘も私もお互いに離れることに慣れてはいない。娘も不安だろうが私も落ち着かない。一時間が途轍もなく長く感じられ、時間になるといそいそと迎えに行った。ある時は近くまで行き中の様子を窓越しに忍び見た。散歩がてらに近くの公園へ週に数回園児を連れて来る。私は電柱の陰に隠れ娘の遊ぶ姿を追う。夫も時々物陰から娘を盗み見している。お互いに夫婦で親馬鹿ぶりを発揮した。

預ける時間は一時間から二時間、そして三時間と増やしていった。次第に娘も園児達と打ち解けて遊ぶようになり、玄関先でバイバイし背中を向けるまでになった。

さあ、今度は私が時間を持て余し出した。ただぼーっとしているのはつまらない。新聞の求人欄で銀行の清掃の仕事を見つけた。時間は二時間で一時間千円。電話をすると高田の馬場駅の近くの信用金庫に決まった。平日は午後三時からの二時間と、土曜日は正午からの二時間である。初日は担当していたお婆さんに教えて貰った。

翌日から娘を預けた足で信用金庫へ出掛けた。初めは慣れないせいでぎこちなかったが、流れをのみ込んでしまうと後は自分の動きやすいように変えた。

この職場の中で一番気になっている箇所があった。共同トイレである。お客は勿論、行員も使う。そのトイレがドアを開けた瞬間に、あの独特な饐《す》えたにおいが鼻をつく。どの便器も黄色く変色し、床のタイルなどはこもごもの色が混ざり目地さえ分からない。

二階は行員の仕事場なので手早く済ませ、自前で買った強力なトイレ用洗剤とたわしを駆使し、トイレ掃除に取り掛かった。便器から床から泡だらけにしながら、ごしごしと力を入れて擦る。時々行員が用を足しにやって来て、泡だらけの便器で済ませてゆく。一回目より二回目、三回目と徹底して時間を掛けた甲斐があり、便器からタイルまでピカピカに元の色に戻り、爽やかトイレに生まれ変わった。トイレを眺めながら充分に自己満足し気分が良い。トイレだって銀行の顔に付随する。気持ち良く用を足せれば銀行の品も上がるというもの。

仕事を済ませ帰ろうとした私に、支店長は感謝の言葉と景品を紙袋いっぱいに寄越した。

「毎日ご苦労様です。綺麗に掃除をしてくださり本当に有り難うございます。これは私共の気持ちですので使ってください」

「いえ、仕事なので気にしないでください」

本当に嬉しそうにしている様子が、その態度から窺えたのである。

清掃の仕事は三か月続けた。給料は、当時はまだ珍しい銀行振り込みで、休まず出勤すると精勤手当がついた。これにはびっくりした。

自分の手で得たお金は遠慮なく自分で使った。山手線の高架下の小さな店に吊り下がっていた簡単服に目をつけた。着やすそうなその服を毎月一枚ずつ買う。後は娘のものやおかず代に消えた。

運営会社から電話が入り、他の銀行も掛け持ちでしてみないかと誘われたが、私は娘を預けた時間を消費するだけに過ぎないので、一件でいいと断った。私の仕事ぶりを支店長が会社に連絡したようであった。

この仕事に従事する人達は、皆幾つかの銀行や会社を掛け持ちしている。数を増やせばそれだけの金額が加算され結構な稼ぎになる。掛け持ちも悪くないが、掛け持ちした件数分他を手抜きしなければ回れない。仕事がおざなりになるのは当たり前であった。そんないい加減な仕事を私はしたくはなかった。

支店長は毎月、私に紙袋を渡して寄越す。辞退しても、ほんの気持ちだからと相手も引かない。簡単なので長く続けたいと思っていた。

鹿児島での早産の後遺症で体はすっかり冷え症になっていた。日中の気温がどんなに高くなっても汗もかかない。こんな調子では妊娠は望めそうもないな、女の直感でそう感じた。大塚の行きつけの産婦人科へ相談に行き、漢方薬を処方して貰った。漢方薬はその人の体に合うと素晴らしい力を発揮する。一か月半後、漢方薬のお蔭で私は健康体を取り戻し妊娠した。つわりを機に清掃の仕事を辞めた。

娘を預けるのと前後して、気になったのはベランダの外の庭であった。冬場に眠っていた草木が季節の移り変わりと並行して、青々と芽吹き出す。あっという間に庭は雑草に覆われ、折角の庭が台無しである。せめて自室の前だけでも綺麗にしたい。無断で草を刈る訳にもいかず、毎日庭を眺めながら幾日か悩んだ。当たって砕けろの精神で家賃を持っていった時に、大家に自室の前の草刈りをさせて欲しいと申し出たが、あっさりと断られ、がっかりした。

大家に断られたその日を境に、私の土に対する欲求が俄然と頭をもたげ始めた。土に思い切り触りたい、思う存分この手で土の感触を味わいたい。それはもう熱望というように。恋い焦がれる程に。どうしてそうなったのかは分からない。幼い頃から畑仕事は嫌いだった。それがどうして、こんなに土に対する執着が生まれたのか不思議だ。

前にも述べたように、庭の先は高いコンクリートの塀が隣家との境になっている。その高い塀の上を、野良猫が時折行き来している姿を見掛けた。ある日、野良猫が通行しながら立ち止まった。のどかな光景に見ているともなく視線を送っていると、ひょいと片足を上げ犬がするようにオシッコをした。オシッコは曲線を描き宙に滴った。

ギョッ、ギョッ、エエー、猫が立ちションョン？　信じられない現状を目にし、あんぐりとした私。その後も野良猫は当然のように片足を上げ、平然と用を足す姿を何度も目撃した。都会の猫は変わっている。所変われば猫も変わるのか、とは私の率直な異見ではある。

住み慣れた東京で、平穏に過ぎる日々の暮らしに私は満ち足りていた。子育てをしながら夫との生活を守る。それが今の私に与えられた仕事だった。お腹には待望の赤ちゃんが宿っていた。つわりは案外軽くすぐに治まった。

妹が千葉の海へ海水浴に誘ってくれた。千葉は妹の元同僚の猪《いの》さんが住んでいた。彼には男の子が二人いる。真っ青な夏空が広がり大勢の人々が海水浴に来ている。女の子のいない猪さんは珍しさも手伝ってか、娘を我が子のように可愛がりつきっきりで世話を焼いた。自分の子をそっちのけにしているものだから、男の子達はすっかりむくれてしまった。

初めは怖がっていた娘も、寄せては返す波に次第に慣れていった。ひと際大きな波が来て、娘の上に潮水がどっと被さった。ケホケホとむせぶ。

「おいおい、海水を飲んじゃったよ。大丈夫かい。ママの所で休んでおいで」

猪さんは慌てて抱きあげる。娘は泣きもしない。

「唯、海の水、いっぱい飲んじゃったの？」

抱き止めながら聞く。頷いた娘は得意げな表情をして、

「うみ、ゴックンしたの」

目を大きく見開きながら言ったのだった。

盛夏も過ぎたというのに、まだまだ暑さが引く気配はない。晩酌をしながら夫がポツンと言った。

「そろそろ北海道に帰ろうと思うんだ。来年辺り心積りしておいてくれ」

戻ることに異議はない。初めて暮らし始めた時に、〃いずれ俺は北海道へ帰るからな〃と宣言したことは常に念頭にあった。

「それなら、四十になる前に帰った方がいいんじゃない。その方が仕事選べると思うけど」

私のことである。少しだけ考え軽い頭で浮かんだ文字を口にした。

「そうだな、じゃ来月帰るか。仕事は今月末で辞めて、帰る前に長野へ寄って遊んでからな」

私の提案に安堵したような気配が伝わる。夫の会社は故郷方面への転勤は避けていた。故郷へ転勤すると里心がつき、辞めてしまう者が多いのだそうだ。

良くても悪くても、夫は激動の時代を東京で過ごした。その渦に私ものみ込まれ、もがき、苦しんだ。幾度も眠れぬ夜を重ね、狂気の狭間を行き来した末に得た平穏な生活。物音一つない静かな夜だった。帰郷という選択に躊躇《ため》いのない様子が、その顔色から読み取れる。

ああ、やるだけやって気が済んだんだな――。私は夫を眺めながら心の中で漠然とそう感じた。長くて短い都会暮らし。私の人生に鮮烈な記憶と彩りを残した十数年の歳月は、これから私をどのように導いてゆくのだろうか。

昭和五十五年、残暑厳しき九月の決断であった。

夫の故郷である北海道へ渡る前に、私達は長野へ立ち寄った。

そろそろ帰りたい――。そう言った夫の言葉に、じゃ、帰ろうよ、と快諾した妻へのせめてもの心配りだったのだろう。

引っ越し荷物をトラックに積み終え、数か月生活を営んだ部屋を最後に掃除した。娘がクレヨンで描いた板壁の絵も、丁寧に雑巾で拭き落とした。

今まで東京から大阪、鹿児島、そして再び東京へと引っ越しを繰り返して来た。お蔭ですっかり引っ越し上手にはなったけれど。

食事時は家族全員が同じ食卓に向かう。夫は父と酒を酌み交わし和やかに席を賑わしていた。父と夫に挟まれた私は、度々父の催促の目配せや膝を小突かれた。父の仕草は婿である夫に酒を勧めろの合図である。自分の夫に愛想を振りまき、ご機嫌を取るなどしたことのない私は、夕食時になると、時々父と目と態度で反目し合った。そんな私の気持ちにはお構いなく、父はこれ以上ないといった笑顔を夫に振りまいている。初秋に入ったとはいえ、陽射しは強く家の中もまだ暑かった。

実家にいる間、私は娘を連れお寺や神社の大木が茂る敷地へよく出掛けた。夏蝉が地面から這い出し、笹や大木に上り〝ジミから蝉〟へと時間を掛け羽化を遂げる。小さな庭に父の盆栽が幾鉢も棚に並ぶ。土から這い出したジミを数匹持ち帰り幹に這わす。娘に羽化の瞬間を見せる為に。ジミは思い思いの幹や葉先で羽化を始めた。三歳の娘にはその神秘さは分からないまでも、目を瞠《みは》り、喜んだ。

一週間も経つと、毎日を持て余し出した。姉のところは義兄がタイル屋を営み、猫の手も借りたい忙しさだった。

「お義兄さんの手伝いでもしたら」

と夫に水を向けた。夫も乗り気になり頷く。翌日から母は夫の弁当作りをし、義兄は自宅から十五分も掛け、毎日迎えに来た。仕事内容はセメントに水を入れこねたり運んだり、あるいはタイルの目地を綺麗にするなど根気のいる作業ばかりで、今までの仕事と違い過酷な肉体労働にかなり苦労したようだったが、愚痴も零さずに二十日間働いた。私はお腹も五か月を迎え、毎日を〝乳母日傘《おんばひがさ》の如く〟両親の許で過ごした。食事の用意も何もせず、ただ子供のように思い切り甘えダラダラと日を送った。また義兄も休みを利用しては時々遠出をし、私達を労ってくれた。この一か月間という時間は私にとって、最高の幸せへの集大成だった。

両親からすれば私達の葛藤を見聞きし、娘の為に胸を痛めた日々が幾度もあった筈。それを乗り越えて娘が幸せを掴むまで、見守ってくれた親の無償の愛に私は深く感謝した。
休暇を思い切り両親の側で過ごした私達は、十月を少し過ぎてから長野を発った。

北の地へ

飛行機が加速するごとに眼下の東京は遠くなり、雲を突き抜け雲海の上に出た。混じり気のない澄んだ紫紺の空が現れた。こんなにも美しい空があるなんて地上とは雲泥の差だ。私の視線の先に待ち受けるのは、未知の期待と僅かな不安が見え隠れするばかり。ままよ、朱に交われば赤くなる、私には愛する家族がいる。何処へ行こうが怖くはない。空の旅は快適だった。飛行機の高度が下がる度に、否応なく現実に引き戻されてゆく。まるで雲海を境にでもしたかのように、あの美しく荘厳な紫紺の宇宙《そら》が幾層もの雲を抜けると、ただの秋空に変わった。眼下には本州とは異なった景観が何処までも広がる。緑の中に点在するのは三角屋根とサイロ、そして放牧された家畜がゆったりと草を食む牧場、広い道路。何もかもが目新しい。

千歳空港に飛行機の車輪が着地した。まるで空が抜けたようなあっさりした色合いが目に優しく映える。本当の秋空ってこんなものなのだろうか。地に足を下ろした途端に、ムワッとした空気に囲まれた。丁度昼下がりの気だるさの中のような……。

ここから先は夫の出番だ。カウンターで旭川行きの直通バスがあると聞いた夫は、M市までの切符を求めた。その日は快晴で残暑が厳しかった。バスに乗った途端に、独特な異臭が鼻をつく。饐えたような獣じみた匂い。冷房がないので様々な匂いが蓄積されていたのだろう。異臭は降りるまで私の鼻を悩ませた。

バスはノンストップでM市を目指す。車窓の外に広がる景色は、のどかな秋の兆しを孕み広がっている。空港から国道36号線に入り、千歳から道々に曲がる。町中を走り千歳川沿いにあるインディアン水車、鮭の故郷館を右手に眺め、畑作地帯に入った。道の両側にはおびただしい黄色い草花、キリン草、オオハンゴンソウが沿線に咲き誇り、飾り気のない素朴な美しさが心を和ませてくれる。なんだかホッとする色彩だ。脳裏に刻み込まれたこの日の色彩は、私が北の地に足を踏み出した原点となった。そしてそれらは、折あるごとに思い出させてくれる愛しさを含んでいた。

車窓を流れゆく防風林や牧場、牛や馬が思い思いの場所でくつろいでいる風景を眺めながら、私はこれからこの地で家族と共に生きてゆくのだ、と思った。それにしても暑い。淀みを帯びた嫌な暑さだ。車内の誰を見ても涼しい顔で、私一人が暑さに閉口しうんざりしている。バスは長沼を抜け夕張川の長い橋を渡り、国道へ出てI市を目指す。

I市に入り途中からM市へ向かう。長いバスの旅に少し疲れたが娘はぐずりもしないでいてくれた。

夫の実家はM高等学校の近くにあった。家は三角屋根の二階建てで辿り着いた時に、義母は旅行に出て留守だった。引っ越し便で送った荷物は、裏口の鶏小屋へ続く通路に積み重ねられ置かれている。取り敢えず私達の着替えを探し出し二階へ運んだ。

二階は狭い板敷の廊下を真ん中に、左右に三畳と畳を縦に五枚程敷いた部屋がある。屋根が三角の為に両側は天井が斜めの物入れだった。窓はそれぞれ小さな明かり取りの窓が一枚ずつあるきり。ここが私達の暮らす住居となったのである。

夕食の用意を始めようにも、材料がない。裏の物置に畑で採れたナスとジャガイモが無造作に笊に入っている。夫はそれらを見て、

「今夜はコロッケを作れ。ナスは味噌汁に入れればいいじゃないか」

コロッケなんて作ったことがない。

「ジャガイモを茹でて潰せ。それから人参も同じだ。後は塩コショウをして丸め、油で揚げればいい」

いとも簡単に言う。言われた通りにやってみた。フライパンに油を入れ熱くなったところで楕円形に整えた塊を入れた。途端にチリヂリバラバラと油の中で分解した。そこでようやく私は気がついた。

「パパ、ばらばらになっちゃったじゃない。小麦粉かパン粉を衣にするんじゃないの」

義父と飲んでいた夫は、

「そうだったかな」

手早く網で浮遊物を取り除き、小麦粉、パン粉を探し出して衣をつけた。幾つか出来たのを目に留めた夫が、

「大きい皿でいいから、出来たのから出してくれ」

大皿に盛りテーブルの中央にドンと出した。定番のひき肉が入っていないので、不味いのではないかと思った。

「美味い！」

ひと口食べた夫が叫ぶ。信じられない反応だったが、義父もせっせと口に運んでいる。

「嘘でしょう？」

「いや、本当に旨いぞ。全部作れ」

夫の指示に従い私はセッセとコロッケを揚げた。幾つ揚げても皿はすぐ空っぽになった。一体どれだけ作ったのだろう。潰したジャガイモ全部使ったのに、私の口に入ったのは、一個か二個だった気がする。確かに美味しい。素朴な中に素材の甘味が効いていた。私が生まれて初めて作ったコロッケは大盛況だった。

お米は以前訪れた時より、比べ物にならないくらい美味しくなっていた。十数年前に食べた時は箸の間からポロポロ零れたご飯。覚悟して来たのに同じお米とは思えない美味し

さ。

二日後に義母が上機嫌で旅行から戻ったが、食事の支度はそのまま私に引き継がれた。

夫は「少しゆっくりしてから仕事を探す」と言った。私にも異存はない。だが、農業を営んでいる義姉夫婦が見逃さなかった。今は稲刈りの最中で猫の手も欲しい刈り入れ時期だ。すぐさま飛んで来た。私はお腹が大きいので免除された。

稲刈りも一段落し夫は職安へ出掛けた。行ってはみたものの求人はバイトのような類のものばかりだったと嘆いた。それでも夫は地元で仕事をしたかったのか、スーパーへ面接に行った。

「経営者は俺が高校の時に、コテンパンにやっつけた奴だった。俺の経歴を見て〝うちでは雇いきれない〟と断られた」

帰って来るなり、にやつきながら言う。そうなの、私の返事。

「どうもここにはあまり求人がないから、明日はＩ市へ行って来る。ここよりはましだろう。それが駄目なら札幌だ」

私は少しも焦ってはいない。夫には自分に合った職業を選べば良いと考えていた。

「流石、Ｉ市だな。職安に行ったら目の前に五、六社の求人票を並べられた。その中で一番給料の高いのを選んでやった。明日はその会社へ面接に行って来る」

流石に嬉しかったのか上機嫌だった。会社は生コンクリートを扱う会社で事務職だった。

翌日から私は五時に起き弁当を作った。やがて夫は会社から乗用車を与えられ、ランサーで毎日出勤した。

就業時間は朝九時から午後五時までである。初めは真っ直ぐに帰宅したが慣れるに従い、遅くなってくるようになった。騒ぎ出したのは義母であった。娘を膝に時計を見上げては、

「もう少ししたらパパ帰って来るよ。唯」

息子の帰宅を心待ちする。三十分を過ぎる辺りから、じりじりし出しているのが手に取るように分かる。時間が過ぎる度に、何かあったのではないかという不安に駆られ出し、義父までもつられて騒ぎ出す。夫は好きな囲碁を打ちたくて集会所へ寄っていた。帰宅した息子に義母は説教を始めた。

「そうか、そうか」

母親の愚痴に異論を唱えもせずに聞き流し、その後も遅く帰る時があった。

「遅くなる時は電話してよ。お義母さんが心配するからさ」

夫もたまには息抜きが必要なのは理解出来ているので、そこはやんわりと釘をさす。

娘の遊び相手はこの近所にはいそうもない。何軒かの幼稚園を訪ねたが、時期が悪く来年の春を待つしかなかった。

お腹もますますせり出して来た。冬場の衣類は義母が用意してくれた。しばらくすると義母はお互いの生活の割り振りを決め、私達は食費の負担を親はその他の経費全般を受け

持った。出だしはまずまず順風満帆の船出であった。

風が冷たさを増すのと比例して、季節は晩秋から冬へと移ろっていった。居間の達磨ストーブは赤々と燃え、上には大きな鍋ややかんが置かれた。義母はこのストーブの上で様々な煮物を作る。材料を入れた鍋を置いておけば勝手に火が通る。後は適当に味をつければ良いだけだ。南瓜を煮る時は豪快に丸々一個を切り煮た。他の煮物は何でも入れて煮込む。

ある日私は筑前煮を作った。義母は中を覗き、

「美江子さん、ナスも入れたらいいんでないの」

私は返事に戸惑った。筑前煮にナスは入らない。私が言い淀んでいるのをみた夫は、

「おふくろ、煮物だからといって何でも入れりゃいいというものではないんだ。煮物にもちゃんと名前があるし、入れる材料がそれぞれ違う」

「そうかい、わたしゃ何でも入れれば旨いかと思ってさ」

息子に諭され不満そうな表情を露わに出す。

外は何処もかしこも雪、ゆきの世界になった。三歳の娘がソファの上で飛び跳ねる。

「唯、ソファが傷むから跳んだら駄目だよ」

義母が幾度も諌めるが、娘はキャッキャッと喜んで止める気配がない。次第にその言葉の中に棘が見え隠れし出した。

「唯、止めなさい」

私は思わず娘の頬を叩いた。今まで叩かれたことのない娘はびっくりし、みるみる目に涙の粒を膨らませる。その顔を見て辛くなった私は思わず娘を抱き寄せた。しがみついた娘はボロボロと大きな滴を滴らせた。

「いい、ソファの上で跳んだらいけないんだよ。分かったでしょう」

初めて手をあげた私の心もこの時は大きく傷ついていた。あどけない幼女のすることを、寛大に見てあげられないのだろうか。捌け口のない心のジレンマに私は襲われる。

義母の身になってよく考えれば、それは無理もない話であった。子供達が巣立ってから夫婦だけの生活を長年続けて来た。そこへ私達が突然転がり込み、今までの静かで自由な生活が一変したのである。帰省が決まった時から私は義母に頻繁に連絡をした。返答の内容で戸惑いと迷惑そうな雰囲気は察していた。

「近くにアパートがあるから、そこで暮らせばいいんでないの」

同居を始めてからも、折に触れ返答に詰まることを平気で口に出す。夫に伝えると、

「俺が自分の生まれた家に帰るのに何の不都合があるんだ」

冗談じゃねえ、と一喝された。私も腹を括って北海道へやって来たのだ。でも、やっぱりちょっとは義母の言葉に傷つく。

義父は何も構わない人で〝人間を悟った〟と公言するが、自分が良ければそれでよしの人である。毒にも薬にもならないが何事にも無頓着。酒の肴にフランスパンをストーブの

上で焼き、バターをつけて自分だけ食べている。それを見た娘は食べたかったのか、両手を重ねて〝おちょうだい〟をした。チラリと見て知らんふり。娘は困った顔をする。

「お義父さん、唯が食べたいって」

見兼ねて声を掛ける。

「なんだ。欲しかったのか」

一度だけ娘の手に与えただけである。こんな調子なので義父は同居中に孫を膝に乗せたことは一度もない。それでも私が作る料理は美味しかったらしい。ご飯二杯、味噌汁二杯、おかずはぺろりと平らげる。年齢は既に七十を過ぎていた筈だが、健康優良児で元気そのもの。

暮れに私は義母におせち料理を作ると宣言した。

「そんなもの作らなくても、あるので済ませればいいんじゃないのかい」

迷惑だとばかりに即座に否定されたが、私は無視し、自分流のおせちを二日がかりで作った。鹿児島で買い求めた三段の重箱に手際よく詰める。元日の朝、これも私なりの茶碗蒸しを人数分作った。義母は神棚と仏壇へお神酒を供え、新年を祝う。

猫を被っていた訳ではないが、この頃の私は穏やかで申し分のない妻であり、嫁であったと思う。出産してからは精神が安定し、幸せという名の湖に浸りきっていた。

また夫への献身かつ盲目的な愛は、移り変わる季節のように目に見えぬ速度で娘へ移行していった。とはいえ、夫への愛が失せたのでもなく、それぞれに注ぐ愛情を女特有の狭さで、振り分けたに過ぎないのかも知れない。が、我が分身と夫とでは、注ぐ愛の形が全く異なることを私は初めて知った。要するに比較出来ない類いの愛なのだ。

東京にいた頃は頻繁に長野へ娘を連れ帰省した。私に出来た唯一の親孝行は、血を分けた孫を両親に抱いて貰うことであった。私が留守にしても夫は文句もいわずに自由にさせてくれた。日々の生活は娘を中心に回り、自分を顧みる余裕さえなかった。

そういえばこんなことがあった。長野に帰省した時、姉と町の農協へ夕食の買い物に出掛けた。その店の中で義兄の親戚の女性と出会った。姉が私を紹介する。

「これ、妹、こっちに遊びに来ているの」

「えっ！　……あの、綺麗だった妹さん？」

思いがけないものに遭遇したような驚きの表情を浮かべ、まじまじと私を見つめ絶句した。姉は返事の仕様がなく言葉を濁している。何となく居心地が悪かったのは言うまでもない。彼女は姉の結婚式に出席していて私の顔を見知っていたのだ。あまりの様変わりにその女性も、私を同一人物とは思えなかったのであろう。そういわれるのは無理もない。それ程当時の私は自分の身の回りには無頓着になっていた。ブクブクと太った体に化粧気のない顔、髪は無造作に結わえただけの私に、当時の面影は微塵も見出せなかったのであった。

そんな幸せ太りのまま妊娠六か月のお腹を抱え、夫の実家へ転がり込んだ。たまに義母の知人がやって来てはストーブを囲み、ゆっくりと茶飲み話に花を咲かせていた。時には同居した私達の話題も、遠慮なく飛び出す。

「美江子さん、都会暮らしをしていて、こんな田舎で不自由じゃないのかね」

「いやいや、狭い部屋に住んでいたから、苦にもならないだろうさ」

すかさず義母が言い返す。私は黙ってにっこりと微笑むだけに留める。時間になったらバスに乗って駅前の農協か、生協、小売店などを覗いて歩く。ほぼ毎日の買い物は私にとって絶好の息抜きとなった。慣れない同居生活に目に見えないストレスが溜まる。そんな時は十円玉を沢山用意して、この町に一軒しかないレストランに入り、好きな食べ物を注文し、公衆電話で長野の母に電話を掛けた。母は黙って私の愚痴を聞き、十円玉がなくなるまでつき合ってくれた。義母との確執のストレスの捌け口は必然的にそうなった。帰りに大福餅や富有柿を買う。それらは二階の部屋の電気炬燵に潜り密かに食べた。

夫の弁当のおかずは多めに作った。朝が早いのでひと寝入りしてから食べるのだが、義父母が平らげてしまう。お蔭で私はいつもご飯と味噌汁のみの朝食となった。これではお腹の子供に栄養が摂れない。苦肉の策が買い物ついでに栄養補給をする次第となった。

初めて迎える北海道の冬の寒さは、半端ではなかったが家の中は温かい。降り積もった雪の始末は専ら義父の仕事で、毎日せっせと家の周りの雪掻きをした。義父もたまに町へ出るが自分の好きなものしか買って来ない。あのフランスパンもそうである。全て自分用で孫である娘や、家族の為の買い物は一度としてなかった。夫は帰宅すると同じ席でグラスを傾ける。ポツポツと会話を交わし娘を膝に乗せ刺身をつまむ。義父はその様子を黙って眺めチビリと盃を口に運ぶ。

「美江子さんの怒った顔を見たことがない」

義母は訪れた知人や私に言う。突然転がり込んだ嫁が、些細なことでいちいち怒る訳にはいかない。そこはグッと笑顔の下に押し込め平静を装い、自分の中で消化しているだけ。とまあ、そんな日常が続いた。義母は義母で自分くらい嫁に理解があり良い姑はいない、と心底思っているようであった。

夫が鷹揚なら妻もまたそれに付随する、私の性格がそうなのか小さな物事にはこだわらないが、消化出来ない時は夫にその都度ぶつけた。

雪に閉じ込められる冬場は、義母との間に小さな小競り合いが生まれた。食事の後片づけは続いて済ませるのが私流。

「美江子さん、ちょっと浸けておいてから洗ったらどうさ」

義母から声が掛かる。私は、そうですねと逆らわずに席に戻った。五、六分すると義母が台所に立ち洗い出す。

「お義母さん、私がしますから」

「立ったついでだから、少し休んでいれば」

シンクの側面は茶系統の濃淡で汚れがあまり目立たない。しかし長年磨いてないらしくよく見ればかなり汚い。そこに目をつけた義母はセッセと磨き出した。私も後片づけの後に磨くようになった。次はシンク前のフローリングの床だ。一度や二度磨いた程度では落ちそうもない、ひどい汚れがこびりついている。義母と私は競争するように無言で取り掛かる。決して同時には行わず、早い者勝ちのような状態で競り合った。

嫁と姑って、こういうものなのか――。心の中で何となく納得している。まだあった。夕食のおかずは毎日変わる。次第に義母がおかずを少しずつ残すようになった。

「明日の朝に食べるから、冷蔵庫へ入れて」

冷蔵庫に入らない時は流しの下へ入れる。しかし毎日変わるものだから、残したものにまで箸が出ずに溜まっていく一方だった。置き場所がなくなると古い残り物を義母に聞く。

「お母さん、これもう捨てていいですか」

「勿体ないから食べるので捨てないで」

義母の言葉には逆らえない。その繰り返しに私は閉口した。そこで夫がやおら腰を上げた。冷蔵庫を開け、

「これは捨ててしまえ」

次から次へと手渡し寄越す。

は溜飲の下がる思いがした。


「幸夫、まだ食べられるじゃないか」

「いつまでも置いとくな。一体幾つ置いてあるんだ」

息子の一声に義母は不本意にも静かになった。それからは時々、夫は冷蔵庫と流しの下の残り物を私に処分させたのである。食べ物を粗末にするのは良くないが、夫の行動に私は溜飲の下がる思いがした。


お腹はもう臨月を迎えていて歩くのも辛かった。そして数日後の夜中、あの痛みが体の奥からやって来た。時間を計ると、出産しても良い状態の間隔だった。急いで紙袋に必要なものを詰め夫を起こした。

夫は車を暖める為にエンジンを掛けに下りていった。その間に陣痛はますます激しくなり、下腹が張り出し、胎児が下がって来る。

「パパ、用意出来た？　もう駄目だわ」

やっとの思いで階段を下り、病院のダイヤルを回すが幾度電話しても通じない。お腹の調子はもう限界を迎えていた。這うように車に乗り込む。騒ぎを聞きつけ義母が起き出して一緒に出掛ける支度を始めた。私は一秒も待っていられない苦しさに喘ぐ。

こんな時に、なんて勝手な義母だろう――。助手席で唸りながら腹が立つ。スパイクタイヤでも雪道は滑りやすく、マイナス二十度近く凍《しば》れた路面はツルツルで速く走れない。

恨めしくライトに反射する凍結した路面を時折睨んだ。もう、苦しくてたまらない。間断なく強い陣痛が襲う。その度に夫を急かす。

「パパ、早くして！　もっとスピード出せないの？」

夫は背を屈め路上を凝視しつつ慎重に運転している。グーッと更に下腹が圧迫され、産道が広がり胎児の頭が下がり始めた。

「パパ！　産まれちゃう。早くして！」

半ば叫んだ。このまま車の中で出産してしまうのだろうか。チラリと不安が頭を掠める。

「我慢しろ！」

「幸夫、大丈夫かい。美江子さん」

義母がオロオロした様子で声を掛ける。その声が嫌な響きとなって私を苛立たせた。

「パパ、もう駄目！　産まれそう！」

「もう少しだ。我慢しろ！」

気の遠くなる程長く感じる病院への道。いきみたいのを我慢するが、自然の摂理には抗えそうもない。まさに生まれ出ようとする生命との葛藤に私は抗い続けた。ようやく救急入口に着いた。夫が夜間受付に走るが誰もいない。兎に角病院の中へと夫に抱きかかえられるように車から降りた。ようやく気づいたのか、看護婦が何処からか顔を出す。

私の様子を見て慌てて分娩室へ案内した。もう頭が出始めているような状態を気力で耐え、分娩台の上でも七転八倒の苦しみを味わう。この苦しさは経験した者でなければ分からないだろう。全身が脂汗まみれになっている。

「準備が出来たからいいですよ」

看護婦の声が掛かった。

「じゃ、いきみます！」

返事と同時に、私は全意識を集中し思い切りいきんだ。その最中に体の一部が裂ける音が聞こえ、出産時の激痛とその感覚だけが脳裏に刻まれた。

「あっ、汚い！」

胎児が生まれた瞬間、羊水も一気に飛び出したのか看護婦が叫んだ。看護婦が発した不用意な言葉は、嫌な響きとなって耳にこびりついた。汗を拭うお湯も用意されておらず、そのまま病室へ移された。助産婦はいなかった。体中の汗が急速に冷え、体熱が失われてゆくのが分かった。次第にガタガタと体が震え出し、止められない。

「パパ、寒い」

夫は看護婦に毛布や布団を用意させ何枚も掛けたが、震えは治まらず歯がガチガチと音を立てた。義母はオロオロとしているばかりで何の役にも立たない。私の異常な様子に夫はベッドに潜り私を抱き締め続けた。やがてジワリと夫の体温が冷えた体に心地良く伝わり出し、少しずつ体に温かさが戻って来る。夫のお蔭で体も充分に温まりどうにか震えは

治まった。普通の顔色に戻った私を見て、

「今夜はゆっくり寝ろ。また明日来るからな」

労わりの言葉を残し病室を出ていった。夫の取った咄嗟の行動が私の命を救ってくれた、と私は思っている。翌日になって出勤して来た産科の医師が、私の症状を診察し傷口を縫合した。かなり深く裂けていたようだ。

赤ちゃんはその日のうちに私の傍らに置かれた。長女の時は退院の前日に傍らに来たものだが、病院によってその処遇が違うのだと認識させられた。ゆっくりと体を休める時間はなかった。病室は長方形でベッドが三つあった。それぞれが皆母親となって我が子を傍らに横になっている。同じ境遇の連帯感で今までは見知らぬ他人同士なのに、室内は自然に和やかな雰囲気に満ちて来た。母乳もその日から吸わせた。

翌日の朝に夫はやって来た。私の顔色を見て安心したように仕事先へ向かった。その翌日の午後に義母が長女を連れて来た。余程心細かったのか、

「ママ！」

転がるように懐に飛び込んできた。義母は次女を見つめている。帰りがけに、

「幸夫が帰りに寄るから、唯を置いておけって言ってたから」

長女を置いて帰った。大人しくしていた長女が、暇を持て余しベッドの上で飛び跳ね出した。静かにして、と何度叱っても聞かない。

「うるさいでしょう。ごめんなさいね」

肩身が狭い思いに駆られ同室の皆に謝ったが誰も文句を言うものはおらず、かえって同情的に見てくれた。

「お義母さん、唯を置いていったけど、病室の人に迷惑掛けちゃうわ」

夕方、夫に愚痴った。

「俺が仕事から帰ったら、おふくろ、唯がちっとも言うことを聞かないで困るって騒ぐから、じゃ美江子の所へ連れていけと俺が言ったんだ。仕方ないだろ」

義母は午後になると娘を置いて帰った。

四日目に夫は思いがけない話をした。I市にアパートを借りる契約をし、春に引っ越すという。同居する覚悟で北海道へ来たので、そんなことは全く頭になかった。が、納得するのも早い。これでストレスを抱えずに元の生活に戻れる。私にしては願ってもない展開だった。

「だってお前、おふくろが張り切って弁当の用意をしてくれるまでは良かったんだ。だけどあんなのを食わせられてみろ。流石の俺だって閉口するよ。あんなの人間の食うものじゃねえぞ。味噌汁なんてジャガイモが溶けてドロドロだし、卵焼きなんか卵焼きじゃねえんだぞ。おふくろに買って食うからいいって言っても、作るって聞かないのをいいから止めろと無理矢理断った」

義母は息子の為に張り切って食事の用意をしたのだろう。家であれば我慢してでも食べられたが、お弁当を開けてビックリしたに違いない。その時の様子を想像するだけで面白かった。私が留守中のちょっとした出来事であった。

次の日には次女の名前を考えて来た。

「おい、この娘の名前を決めた」

子供の名前は女の子は夫がつけ、男の子は私がつける約束であった。

「なんて名前にしたの」

「前から考えていたんだが、理性の理と亜細亜の亜で、理亜と読ませる」

こうして次女は〝理亜《りあ》〟という名前がつけられた。夫の転勤で東京に戻った年の春に妹の誘いで花見を兼ね上野の美術館にフラゴナール展を観に行った時に買い求めた、〝鳩を抱く少女〟の絵画があった。聡明な額に優しい顔立ちで鳩を抱く美少女のその絵を、気に入り求めた。コピーであっても美しさに変わりはない。そして十月、夫の実家に落ち着いた頃、荷物の中から絵を探し出し二階の窓の上の板壁に貼りつけ、事あるごとに私は絵を見上げては、

〝女の子なら、この絵のような可愛い娘でありますように……〟

心の中で祈った私の願いは通じ、理亜は優しく美しい娘に育っていった。

病院で一週間を過ごした私は、次女を胸に抱き自宅へ戻った。家全体がふかふかの真綿

にくるまれたように、純白の雪で覆われている。凍《しば》れが更にきつさを増した一月末であった。

義父に初顔見世を済ませ早々に二階へ上がった。敷きっぱなしの私の布団の中へそっと寝かせた。細長い部屋の中は冷え冷えとしている。少しでも暖めようとポータブルのストーブに火を点けた。次女に添い寝するように布団に潜る。

「義母さん、おしめは何処に干したらいいですか?」

階下へ降り私は真っ先に尋ねた。両親や夫の洗濯物は、風呂の焚き口付近の上の壁から壁へ通した針金に干してあった。私はてっきり同じ場所を提供してくれると思っていたのだが、義母からは意外な言葉が返って来た。

「あれさ、二階に針金で干せるようになっているべさ。あそこへ干せばいいんでないの」

よどみない義母の口調に私は唖然となり、言葉が出て来ない。

「あゝ……」

それきり私は黙った。おしめは乳児にとって不可欠なものである。一日に何枚取り替えねばならないのか。この真冬のしかも火の気のない室内で乾かせる訳がない。あんまりだと思った。案の定、干してもすぐに凍った。幾らストーブで温めても火力が弱く乾かない。取り替えるおしめはすぐに底をついた。悔しかったが夫にも愚痴は零さなかった。これは私と義母の確執なのである。乳児に湿ったおしめをする訳にはいかないので、電気炬燵の温度を最大限にして乾かした。当然、汚れたおしめは洗ってくれない。毎日手も切れるような冷たい水で汚れを振り落とし、全自動の洗濯機に放り込む。

北海道に来て初めて、実母と義母の違いを身を以て知った。実母は退院した私を産褥期間が過ぎるまで水に触らせなかった。産後の体に悪いからとテレビすら見せず、ひたすら養生に専念させたものである。

義母の仕打ちに悔しさは幾分残ったが、心の底から腹を立てはしなかった。改めて実母の有り難さを強く実感した十四日間ではあった。

義母は知人が来ると次女を連れて来いと催促する。迷惑な話だが仕方なく抱きかかえて赴き披露した。食事だけは義母が何とか用意した。どんなものを食べたのか思い出せない。

退院して二週間が経った。

「あーっ、明日からやっと美江子さんが、ご飯の用意をしてくれるようになった」

待ちかねた二週間だったのだろう。朝、顔を出した途端の開口一番だった。翌日から私はまたバスに乗り、家族の為の買い出しに出掛けた。

産後の体調は一か月後の検診になっても戻らず、僅かの量だが出血も治まっていない。医師は首を傾げるが、事情を訴えても現状が改善する筈もないので黙っていた。ただ母乳の出は良いので順調に育っていることが嬉しい。

春の兆しが見え始めた三月の中旬に夫は引っ越しを決めた。峠を越したといってもまだ外は冬のままであるが、昼前に引っ越しの車がやって来た。私達の荷物は鶏小屋に通じる通路に積んだままである。後は細々したものと電気炬燵を二階から下ろすだけであった。

そそくさと夫の実家を後に私達は、M市のアパートにやって来た。住まいは二階建ての一軒家を縦半分に区切り、二軒分にした家であった。玄関も仲良く隣同士左右に並ぶ。とりあえず必要な荷物から解き始めた。冬の日は暗くなるのが早い。居間と和室を何とか住めるように整えた。

「おい、そろそろ飯にするか。少し行った所にドライブインがあったから、今夜はそこで飯にするぞ」

夕食は夫の提案で、徒歩十分の所にあるドライブインで済ませることになった。長女は夫がオーバーの中で抱っこし、次女は私がおぶった。外の気温は既に低く寒さが体にまとわりつく。積雪で仄かに明るいが道路にはポツン、ポツンと裸電球が電信柱についている。通りに出ても店の看板一つ見当たらない。幾何《いくばく》かの不安がチラリとよぎる。ようやく広い道路に出た。右にドライブインの看板が遠くに見える。お腹はすっかり空いていた。暖かい店で温かいご飯を食べ充分に満足した帰り、なかなか我が家には辿り着けなかった。

真冬の夜道は行きかう人もなく、遠くに街灯が心許なげに瞬いているだけ。こんなに歩いた感じはなかったのにと、不安の文字が頭を掠めた。夫は以前私に、俺はもともと方向音痴なんだ——と漏らしていた。それを思い出してしまった。

「あれ？　おかしいな」

まだ着かないの？　尋ねる私の問いに歩きながら首を傾げる。道の右側は所々に住宅が続き、左側は小さな川が道に沿っているようで、その先は雪野原が闇に溶け込んでいた。その何とも言えぬ暗さが心細さを募らせる。その時、右側の遥か先に動いている人らしき影が雪明かりでうっすら見えた。除雪しているような動作がかすかに見て取れる。

「ちょっと聞いて来る」

夫は走っていった。声は聞こえないが、その人は振り向きこちらを指差しているようだ。通り過ぎてしまったみたいで、また来た道を戻った。何とか家に辿り着き、胸を撫で下ろす。

舅、姑のいない生活は快適であった。解き放たれたように気持ちが軽い。嫁にとって同居するということは、大変な忍耐を要するものだと知った。たった半年ではあったが良い経験をしたと思っている。

食品の買い出しは結構遠いが不便とは感じなかった。ガス、灯油は家主が契約している商店にした。煙草や酒類もあるので便利だった。半月も経った頃に義母から電話が来た。

「なんだかこのところ、体の調子が良くないし、胸がドキドキして苦しいんだわ。朝鮮人参を飲んだら治まったけど、なんだか寂しくて」

あの強気の義母から初めて聞く言い草。心ならずもそう仕向けたのは義母自身であり、選択したのは息子なのだ。寂しさを訴える義母の哀れさに心が少し痛んだ。

雪に閉ざされたこの家は目の前の小道を挟んで一軒家があり、左は建築会社の資材置き場、右側と裏は畑になっていた。

冬になれば視界を遮るものもなく、吹雪いた後の青空と辺りには爽やかな空気と解放感が広がる。キラキラと輝く真っ更な雪の上に寝転び、倒れ込んだりしながら娘と遊んだ。どんなに転がっても雪はサラサラで衣服にはつかない。雪達磨を作ろうと力いっぱい握るのだが固まらなかった。鼻毛も凍る寒い日は、地上に降り注ぐ太陽光で反射したダイヤモンドダストが舞う。そして窓ガラスは様々な形の氷紋を浮かび上がらせる。どんなに太陽が降り注いでも暖かさこそ感じなかったが、真冬に見せる北国の自然の摂理に感動すら覚えた。また早朝の空気の清浄さも私には心地良かった。一年の半分を占める冬も、考えようによっては悪くないのかも知れない。

だが現実は自然に感動ばかりはしていられなかった。日々の生活がある。夫の年収は東京にいた頃の三の一にも満たない額である。月々の給料で一か月を過ごさねばならない。家賃、光熱費などを引いた残りを食費と雑費に充てた。一般家庭の妻はそれで何とか賄うものなのだろうが、都会での生活が染み込んだ私にはとても無理な話であった。

食費の中には夫が毎日晩酌をする酒代がある。それが馬鹿にならないのだ。当然生活費が不足する。夫の楽しみを奪いたくないので貯金を切り崩すしかない。貯金はみるみる減っていった。

夏になった。東京の妹が長野の父を連れて来てくれた。父の土産は生きたスッポンである。秋元に食べさせたいと持って来たのだ。台所で父は器用にスッポンを捌く。その傍らで夫が、物珍しさも手伝って覗き込んでいる。時折楽しそうにお喋りをしながら。

父はスッポンの生き血を、グラスに滴らせ夫に飲ませた。生き血は体に良く昔から滋養強壮剤として有名だった。妹が北海道行きを決めてから父は、夫にスッポンを食べさせたくて毎日川へ出掛けたという。父の思い入れのスッポンは鍋になった。

翌日の午前中のことだった。農業を営む義姉夫婦が突然顔を出した。

「美江子さん、明日何処かへ連れていってやるからさ。何処がいいべか」

上機嫌で、あの大きな地声で朗らかに聞いて来る。

「遠慮することないよ。父さんが連れていってやると言っているから、好きな所を言ったらいいさ。何処か行きたい所はないのかい」

義姉も負けず劣らずの地声で叫ぶ。私はこの傍若無人な親戚が苦手だった。人の気持ちはお構いなく、自分達だけの都合を押しつけて来る。春の田植えの時もそうだった。乳飲み子がいるにもかかわらず、私に田植えを手伝えと電話を寄越した。夫の休日に私達は手伝いに行った。月曜からは私と子供を義兄が迎えに来た。

「幸夫もこっちで泊まって会社に行けばいいのに」

と義姉。毎朝迎えに来るのが面倒なのだろう。

何処が良いのと尋ねられても、初めての夏を迎えた身には皆目見当がつかない。咄嗟のことで面食らったが、地図を睨みながら二、三か所を上げたが義兄は良い返事をしなかった。結局夏なので海水浴にしようかと、石狩浜か厚田方面に無理矢理決めた。

「分かった。そうしたらレンタカーを借りといてくれ。俺らは明日の朝に来るから」

そう言い、お茶を飲んで帰っていった。私達は早速電話帳を繰りレンタカーを予約し、明日の買い出しに農協へ出掛けた。厚かましくて押しつけがましいけれど、父や妹をもてなしてくれようとしている義兄に、その時は有り難さを感じた。翌日の早朝に義姉から、

「父さんが石狩は何度も行っているので、行かないって言っているから。行かないわ」

いきなり断りの電話だった。私は二の句が継げず、ああそうですか、と答え受話器を置いた。冷水を浴びせられたような感じで次第に腹が立って来た。

「なんなの、あの人達は！」

私の激昂は凄まじかった。腸《はらわた》が煮え繰り返る、とはこのことだと思った。

「まあ、そんなに怒るなや。いいじゃないか、天気は良いし」

宥める夫と怒り狂う私の前で、父と妹は私達のやり取りを黙って見ていた。

海辺は真夏の太陽がギラギラと照りつけ、砂も火傷をしそうな程熱い。初めて見るハマ

ナスの紅色が美しい。こんなに綺麗な花なのに茎も葉も細かな棘でびっしりだ。浜防風が砂浜の至る所に生えている。波は荒いが海水浴客も少なく、私達は満足した時を過ごした。

父達が帰る前日から前線の影響か雨が激しく降った。今までの晴天が嘘のように降り続いている。空港まで送る積りで駅まで出掛けたが、電車が止まっていて動かない。銀行の隣にあるターミナルからバスが出ていたので乗った。車内は乗客と湿度で蒸し返っていた。国道12号線を札幌へ向かう。雨は一層激しくなり、降り止む気配はなかった。終点の札幌駅で降りたが、電車は運休状態で空港方面も例外ではなかった。

千歳空港へは札幌駅前の道路を渡り、少し右側に行った辺りに直通のバス停がある。どうやらそのバスは動いているようなので、子連れの私は無理をせず、見送りはここまでにした。I市行きのバスも臨時便があり、別れを惜しみながら別れた。帰りの車中も超満員であった。雨は小止みになったが国道のあちこちが浸水し、タイヤが水しぶきを上げて走る。水田は水浸しだった。ノンストップで走ったバスはターミナルに着いたが、自宅まで帰るバスもタクシーもなく、歩いて帰らねばならない。雨はすっかり上がっていた。地盤の低い所のあちこちは踝くらいの深さの水溜まりが続く。住まい近くの辺りも低いのか、十センチ近い深さの水溜まりが続いた。

やっと我が家の玄関に辿り着いた。玄関の前の三和土の五センチ下に水の跡があった。家を出て帰って来るまでに、この辺りも水害に見舞われていた。すぐ裏のトイレの汲み取り口を見に行くが、運よく五センチの差でトイレに水は入っていない。

この時にH地区の多くの家々は床上、あるいは二階辺りまで浸水し地価が一気に下がったという。昭和五十六年の夏の出来事である。

秋の稲刈りに義姉から電話が掛かった。どちらも手伝う気はなかったので、行かれないと答えた。頭数に入れているから来て貰わないと困るとごねたが、取り合わなかった。

十月から私は働きに出た。夫は働くなと言うが、貯金は緊急の時の為に最低限の額を残しておかねばならない。今の生活を維持するには私が働くしかないのだ。旨い具合に新聞の折り込みに新しく出来た健康食品会社で営業部員を募集していた。内容は二か月の研修期間の間の給料は保障され、後は出来高次第になり託児所がある。訪問販売に少なからず興味があったのと、子供を預け働けることが嬉しかった。

二か月の研修の後に、私達は支社長の運転する車で出掛けた。行き先は支社長が毎日決めていく。住宅街の一角で降り、集合時間を決めそれぞれの路地へ散った。パンフレットと、プロポリス、カルシウム、生理用のショーツなどを持って各家庭を訪問する。簡単には売れないが、一個売れると三割の歩合がその日の収入になった。一生懸命お客さんに説明をし、ある時は茶飲み話に花を咲かせる。二か月が経つと、

「明日からは自分で開拓してください」

と言われた。まだ真冬の最中で私には足がない。一瞬戸惑ってしまったが、二か月間に

回った顧客名簿が手元にあった。自転車に乗れる迄当面はそれで凌ぐしかない。幸いプロポリス、化粧品、ショーツなどを定期的に購入してくれる顧客が数名いた。時期を見計らい電話を掛けて休日に夫の運転で届けた。お蔭で約二年近くは、自宅にいながら小遣い稼ぎが出来た。

申請をしていた保育園に入れるようになった。途中入園なので近くではないが安堵する。原付バイクの試験要項が記入されたパンフレットを、夫が持って来た。

「お前、この試験を受けて免許を取れ」

「やだよ。今更試験だなんて。絶対無理」

試験と聞いただけで私は尻込みした。試験と名のつくものは学校を卒業して以来ない。

「こんなのただマルバツをするだけで簡単なんだぞ。いいから受けろ。試験日はこっちの用紙に書いてあるからな」

気は進まないが、とりあえず試験問題集の薄い冊子に目を通す。内容は道路上を走る際の簡単な常識程度の範囲であるが、その他に道路標識の図柄を覚えなければならない。これが一番厄介で、ドキドキしながら受けた試験は見事合格した。三十五歳にして初めての免許証を手にしたのである。

それと前後して再び夫が職を持って来た。夫の会社は生コンを扱っている。私の住む近くに病院が建つらしい。丁度、土台の基礎工事が始まったばかりで生コンを卸していた。

建設会社は日本建設と、後に二社の共同企業体が請け負っていた。各会社から現場監督、設計士が来てプレハブで寝泊まりする。食事は三人分の用意と掃除洗濯だった。

断っても無駄なようだ。不承不承引き受けはしたが、一体どんな料理を食べさせれば良いのか。約束の時間に恐る恐る現場を訪ねた。事務所には年配の女性がいて、事細かに仕事内容を教えてくれ夕食は一緒に作った。最後に、

「買い物は和田商店でして、この買い物帳に記入して貰ってね」

分厚い一冊の伝票を寄越した。翌日から私は建築現場の賄い婦として働き出した。朝食と休日は角食（食パン）とジャム、バターを用意しておく。朝食の用意がないので体は楽だった。しかし毎日同じ商店ばかりでは材料に変化がない。思案して農協や生協で目先の変わった品を用意し、商店では自宅用の材料を同額分求め、他所で買った食材と交換し食卓に載せた。私が若かったせいか、下着などの洗濯物は遠慮して各自で洗い出した。

現場は監督はじめ男社会だ。時には数人の男性達が部屋を閉め切り、ポルノ映画を観賞する。最初は気づかなかったが、何となく雰囲気で分かるようになった。

夫が原付バイクを買ってくれたので買い物が楽になった。少しずつ建物の外観が姿を現し始めた。三階建ての大きな病院だった。ベッド数も市内では最多。入浴はベッドのまま出来る設備を備えた最新式である。

「売店があるというから、お前はそこで働いたらどうか。通うのも楽だし」

夫の情報で夏近くに本社の事務所で面接した。

しかし内装を始める寸前に、発注元が資金面に支障をきたし不渡りを出した。完成間近な病院は幻の病院となり、潮が引くように現場から人夫の姿が消え、立派な建物の外観だけが残った。

二年、三年と日が経つにつれ、出入りのない建物は傷み出し、玄関のコンクリートに亀裂が入り始めた。やがて何年か後に見る影もなくなった建物は姿を消した。

手持ち無沙汰にしていた時に、駅の近くの食堂〝松竹〟でパートを募集していた。面接をした翌日からパートに出た。毎朝自転車の前に長女を乗せ、次女はおぶって保育園と乳児園へ預けてから出勤した。大変な筈なのに少しも苦にならない。パートの中に同じ町内の女性がいて、住まいは偶然にも自宅裏の数軒先にあった。すぐ打ち解け仲良くなった。彼女も一人娘を保育園に預けてのパート勤めである。

朝、出掛ける用意を始めると長女が愚図り出す。そのうちにお腹が痛いと言い出すようになった。原因は保育園の担当者にあるのが判明した。その先生は性格のきつい人で、昼食を全部食べ終わるまで解放せず、やっと食べ終わってもバツとして皆と遊ばせなかった。

途中から地区の保育園へ通えるようになり、送迎が楽になった。初めは嫌がっていた長女も、慣れるに従い子供らしさを取り戻していった。

メーン通りに新しくレストランがオープンした。そこで厨房係を募集していたので面接をした。店は一階で二階から上はビジネスホテルになっている。I市には珍しい格式のある店で、入口に案内人がいて席へ案内をする。

厨房の仕事は大釜でご飯を炊き、ジャガイモを煮てサラダを作り、生野菜はすぐ出せるように綺麗に洗っておく、お皿や茶碗を洗う等々。忙しいけれど結構楽しい。暮れには料理長が毛ガニを一杯お歳暮としてくれた。身がたっぷり入った毛ガニは家族で頂いた。

毎日が慌ただしく過ぎてゆく。ある日、駅前へ出掛けた折に花屋の前を通った。車道と歩道の間に果実の苗が並んでいる。その中にサクランボの苗木があり目を留めた。人づてにサクランボは二本ないと実がならないと聞いたので、前掛けをした若い店員に尋ねた。店員は、このサクランボは一本でも実はなると太鼓判を押す。

一軒家を真ん中から割ったアパートの横に、僅かに空き地があるのを頭の隅で思い浮かべる。家の陰で陽当たりはあまり良くないが、植えてみたい。甘い実を子供に食べさせたいと思った。店員の自信のある言葉に私は買う決心をした。苗木なので四、五年経たないと実はつかないが、楽しめる時間はたっぷりある。狭い空間の真ん中に植えた。ついでに野菜も植えてみたいと石ころを取り除いた。

東京にいた頃、突如として土の感触が恋しくなったことがある。ようやく土をこの手に触れられる喜びは、ささやかではあるが実現した瞬間でもあった。翌年にはもう少し広い菜園が欲しくなった。何処かにないものかと思案し、目をつけたのが灌漑溝の上であった。

そこは草が青々と茂り、素人の目からは肥沃な土壌に見えた。近くに杭があり管理会社の所在が記されている。建物はターミナル裏にある。思ったら即実行するのが私だ。猪年の強さか猪突猛進あるのみ。

突然飛び込んできたおばさんの突拍子のない申し出に、地図を広げながら場所を確認し、困惑の色を浮かべ、担当者は許可は下りないと思うと言った。

「あの、キュウリやナス、トマトなど、そういった実のなる野菜を植えられればいいんです。何とかお願い出来ませんか」

無理だと言われてもしつこく食い下がった。

「とても無理だとは思うけど、上司に聞いてみないと返事は出来ないし、二、三日待ってみてください」

私はその人の、温かみのある対応と人柄に望みを託し建物を後にした。その日の夜だった。朗報は思いがけない形でもたらされた。電話が鳴ったので受話器を取った。

「秋元さん？　私、新川だけど。実は夫が帰って来て話してくれたんだけど、灌漑溝の上を使わしてくれと言って来た人がいたんだよ。それも近所でさ、と言うので名前を聞いてみたの。そしたら秋元さんって言うじゃない。それで、ちょっと待ってってなったのよ。保育園の父兄で秋元さんって人いるけど、まさかその人じゃないのっていう話になって」

「うん、私だわ」

管理会社で対応してくれたのは、保育園で同じ組の園児の父親であった。その突拍子もない中し出は、余程印象に残ったのだろう。

「あのね、私の友達で近所の人に畑を貸している人がいるから、明日聞いてみるわ」

友達のご主人は製作所の所長で、会社の土地が幾つもあるとのことだった。近所の数人が借り受け菜園を楽しんでいるらしい。こうして私は彼女のお蔭で念願の菜園を八十坪も借りられた。運の良いことに畑の前には公園があり水はそこで調達出来る。畑は近所の人の中に代表者がいて、春になると、農家に依頼し、機械で起こして貰うというのでお願いした。休日は家の用事を済ませてから畑で汗を流した。

履歴書を出してあるスーパーの〝オッキー〟から面接の連絡が入った。希望の職場ではないがミート（精肉売り場）に配属された。〝オッキー〟は昭和五十六年の秋に、国道沿いにオープンしたI市初の大型店である。前年に大掛かりな募集が行われたが、次女が乳児でその時は諦めた。

I市に越して約二年の間に、私は目まぐるしく職を変わった。大型店が出来たお蔭で、やっと腰を落ち着かせて働ける場を得たのである。店のモットーは〝地域に喜ばれる価格に〟で、親会社は関西に本拠地を置く巨大スーパーで、その傘下にあった。

スーパーでの仕事は初めてだ。ミートの中畑マネージャーは、小太りな体格に福々しい耳を持つ目の細い人物である。面接時に作業場の中を通った。そこで思わぬ人物に遭遇する。健康食品の仕事で、市内の地区を回った際に訪れた田中家のご主人であった。ここで出会うとは夢にも思わなかった。私には取っつきにくいタイプの人だった。

マネージャーは作業場の裏の殺風景な事務所へ私を案内した。履歴書を見ながら幾つか簡単な質問をした後に、

「貴女はどんな人とも上手くつき合っていける自信がありますか？」

意外な質問を投げ掛けて来た。顔には出さないが内容の意外性に疑問が湧く。

「それは大丈夫です。私はどんな人とでも仲良くやっていけると思います」

笑顔で答えた。今まで様々な職場を経験したけれど、面接でこんな質問をされたことはない。何かあるのかと勘繰ってみたが、彼は返答を聞き安心としたような表情をしただけである。

「最初の二か月くらいはフリーで仕事の流れを覚えて貰います。仕事の担当は色々あるけど、それは慣れてから。まず初めは品出しの人についてやって貰って、暇な時は売り場に並んでいる肉の名前を覚えて貰いたい」

一日七時間、スーパーでのパートが始まった。大型店とあって特に土、日の通路は人の波で埋まり身動きが出来ない。どの通路を見ても人、人、人。台車に商品を積んで定番の棚に辿り着く前に、手が伸びてあっという間になくなる。その賑わいぶりは凄かった。

入って三日目に、〝オッキー〟独自の登録商品のジンギスカンを溜め銭（その場で代金のやり取りをすること）で販売させられた。それも一袋単位ではなく、十袋入った段ボール箱を千円で販売するのだ。ジンギスカンが何なのかも分からず山と積まれた売り場に立った。

「ジンギスカン一箱千円ですよ〜」

本人の努力する暇もなくジンギスカンは箱ごと売れてゆき、売り込みの声などにはお構いなくケースの山はみるみる嵩が減っていった。唯々驚きの連続だ。

あんなに買ってどうするのだろう――。売りながら思う。人の波と、出せば売れる消費者の凄まじい購買欲に驚かされる一日だった。何もかも初めてづくしで、心地良い緊張の日々が続く。次は切り分けられた肉の部位の名前を覚えなければならない。ロースだ、肩だと聞かされても皆同じに見える。スライスの豚でも最初はどの肉質も同じに見えた。だが毎日かかわっていると、目の前の霧が晴れるように少しずつ、種類が分かるようになってきた。手が空いた時は売り場でプライスカードに書かれた名を、根気よく左右と見比べ肉質の違いを覚えた。スライス一つ、切り方一つで肉の名前は変わることを知った。ミートにはハム関係の対面コーナーがあり、私はそこへ配属となった。

受け持っていた同僚に、スライサーでハムの切り方を教えて貰う。刃の回転の速さが恐ろしい。しかし毎日スライサーに向かっていると、自然と刃の回転に動作が慣れてくる。

切られたハムを手に受け取れずボロボロ落としていたものが、次第に受け取れるようになった。前日のハムはスライスした玉葱と和え、パック詰めして定額で売り場に出す。

担当はハムだけに留まらず、牛肉や馬肉の刺身も合わせて受け持つ。牛のたたきなどは香辛料を振り掛け、プレートで焼き専用のワインだれに漬け込む。当日使う肉は前日に下処理し冷蔵庫で保管。結構忙しい。更に私には余分な仕事が待っていた。

今まで品出しを担当していた女性が、鶏肉の担当を申し出た。この女性は負けず嫌いで我が強い。彼女は片方の手首がなく義肢をはめていた。私が気づいたのは入社して一か月以上経ってからだった。値付けもパックも手早い。手の不自由さを全く感じさせない速さだ。この負けず嫌いの性格が災いし、結果として一年の間に何人もの同僚が職場を去った。面接時に尋ねられた質問の裏にある、深い意図をようやく理解した気がした。

ミートには女性が受け持つ場が幾つかある。持ち場は不公平がないように三、四か月ごとに変わる。だが手指のない彼女に、他の仕事は無理だと判断したマネージャーが、値付け&品出しを担当させた。当然、他の同僚から非難の目が向けられた。

彼女が鶏肉の担当をすると名乗りを上げた時、マネージャーは反対したが、突然彼女は、

「チューリップや筋なしささみは、秋元さんの手の空いた時に手伝って貰うから」

私の了解も得ずにその場で断言する。有無を言わせない響きが込められ断れなかった。

しかし開店までの慌ただしい時間の中で、自分の担当と他の仕事との両立はかなり難しい。

自分の仕事を後回しにしても限度があった。業を煮やした彼女は小刀を手に、四苦八苦しながらチューリップや筋取りを始めた。初めは見るも無残な出来であったが、そこは持ち前の根性を発揮しクリアしていった。

私はパートの積りでいたのに、見習い期間が過ぎると準社員に登録され、社会、雇用、厚生年金の三保険がついた。一年後には夫の扶養から抜け、市民税や保険料を給料から引かれた。有給休暇も年数を重ねる度に増えていった。

担当部署もひき肉、冷凍、鶏肉と変わり、新しい仕事は順次覚えていった。自分の担当の品出しも、時間があると値付けをして出すようになった。

この時代のスーパーは毎月定休日があった。大晦日は午後三時になると仕事を終え、男性従業員が数名残るのみで店も早めに閉店する。正月の三が日も休みである。夏場は定休日に合わせて、親睦を兼ねての日帰り旅行が催された。労働組合がしっかりしているので、親睦を図る為の費用は全て本部から出ていた。またＱＣサークル（職場内で品質管理活動などを自発的に行う小集団）の活動も活発に行われた。

師走も中頃を過ぎると忙しさが更にヒートアップし、作業場は殺気に似た雰囲気を醸し出す。ハム、刺身を担当する私は普段の仕事以外に、マネキンが売る煮豚を寸胴で煮込む作業が加わった。これがまた飛ぶように売れる。間に合わなくなると煮込む間もなく、温めた煮豚をトレーに入れパックして出した。

中畑マネージャーの在任中に、次女が保育園で風疹に罹り私は電話で休みを申し出た。マネージャーは沈黙の後に、「今日は私の家で娘さんの面倒を見るので、休みは明日からにしてくれ」と言った。たしかに突然休んだら穴埋めする人はいない。仕方なく提案を受けた。保育園でも子供が熱を出すと職場に電話がくる。熱がある時は友人のご両親に二度預かって貰った。

ある日、中畑マネージャーの指示で、東札幌店へ出掛けた。ハンバーグは私が作り売り場に出しているが、そのハンバーグ作りを習いに行った。私が作り方を習いに来たと言うと、

「ハンバーグみたいな顔をしてハンバーグか」

東札幌店の高遠マネージャーが声高にからかう。むっとしたが我慢した。作業場はシンと水を打ったような静けさで、従業員は黙々とそれぞれの作業に従事している。担当の女性についてハンバーグ作りをしたが、私が作っている内容と少しも変わらない。あんな人を小馬鹿にしたような暴言を吐く上司の下では、働きたくないと思いつつ帰途に就いた。

仕事にも余裕が生まれ接客も慣れた頃、来る度にロースハムを注文する年配の女性がいて、次第に言葉を交わすようになった。その女性は私に、

「うちの息子の嫁になってくれないか」

と、声を掛けて来た。意外な要望に面食らったが結婚して子供も二人いると告げても、

懲りずに熱心に私を口説く。しまいには息子の写真を持って来て、

「これ息子。仕事は札幌の○○に勤めているから将来も安心だし、是非嫁になって」

何度断っても諦める気配はなかった。それでも何か月か同じ状態が続くと、

「息子と結婚してくれない」

ため息交じりに漏らすと、次第に立ち寄らなくなり、姿もいつしか見掛けなくなった。

毎年、年末が近づくと義母から電話が掛かる。I市に越した年の暮れに、正月のおせち料理は私の手作りを食べさせてあげようと、三段重ねの重箱に用意し夫に持たせたのが始まりだった。

「美江子さんの作ったワカサギの煮たの、旨かったなあ。私は料理が出来ないから。なますだけは作っておくから……」

微妙なニュアンスで、さりげなく催促するところが小面憎い。ワカサギではなく代用品のチカで煮びたしにしたのに……。馬鹿な私はその言葉に乗せられ、してやったりと気分良くほくそ笑む。

夫の会社の正月休みは十日近くあった。夫も実家での居心地が良いのか翌年から一家で泊まり込み、私は三食五人分の賄いをする羽目になってしまった。その行事は〝オッキー〟に勤め出しても続いた。たまらないのは私である。朝食の用意を済ませてから店で一日働き、買い出しをして夫の送迎で実家へ戻り夕食の準備をした。休む間もない。四、五年後

に私は反旗を翻した。

「私、今日から自分ちで寝泊まりするわ。あなたの実家へは行かない」

正月三が日を過ごした後で夫に宣言した。当然怪訝そうな顔で問いが返る。夫に何と言われようが私はひるまず自分の我を押し通した。さあこれでやっとゆっくり出来ると思ったのも束の間、子供だけを残してちゃっかりと夫まで帰って来た。

それからは暮れになると、夫は三段の重箱と子供達を親の元へ届けるのが慣例となった。日曜祭日、私は休めないので休日は夫が子供達の面倒を見る。冬場は近辺のスキー場に連れてゆく。次女の理亜は二、三歳の頃から夫のスキー板に一緒に立たされ滑った。やがて負けず嫌いの性格がここで出た。家に四十センチ程のプラスチックのスキー板があった。庭で遊べるようにと私が与えたもので、それを履き頂上から滑走する。勿論ストックはない。初めは何度も転んだらしい。それでも音を上げずにトライし続けたという。「どいて！どいて！」と叫びながら、小さな塊が凄い勢いで滑って来るので、他の人達は皆驚いて退いたと、そんなエピソードを夫は帰宅した私に話した。

マネージャーも二、三年ごとに変わった。入社数年後にミートは〝オッキー〟に好条件で吸収された。面接時に何も説明がなかった為、合併後にミートが別会社であったことを初めて知った。今までは直属で、これ以降はオッキーの直轄となる。吸収と同時にミート従業員の賃金が一律にアップした。

本社では年に数回、各店舗の女性従業員に対する査察が行われた。マネージャーが毎年提出する勤務態度等の評価と照らし合わせ、あらゆる角度から精査をするのだ。その評価いかんで女性は準社員から、定時社員への道が開かれるシステムになっていた。

ある日、本社から職場に一通の書類が届いた。寝耳に水、とはこういう場合を指すのだろうか。私が定時社員の試験を受けられる書類だった。選別はコンピューターに掛けられ弾き出される仕組みで、本社の人間が選ぶ訳ではないとのこと。

定時社員への道は筆記、面談の試験に通らなければならない。何をどうして良いのか分からず困っている私に、社員の田中さんが、

「豚や牛、鶏などそれぞれの部位の名称を覚えておいた方がいい。これをよく読んで」

と、テキストからコピーした用紙を数枚渡してくれた。それには豚や牛のイラストが描かれ、部位別に区分しロース、もも、バラなど、または牛の胃袋は四つに分類されそれぞれの役割を担うなど、更には畜産にかかわる全ての要点が事細かに記されていた。お蔭で筆記試験は無事クリアし次は面談となった。会場は札幌である。I店の各部門から筆記試験に受かった数名で会場へ向かう。面談では仕事や職場に対する不平や不満、上司や社員に対する愚痴や非難はタブーである。それらの情報は既に把握していた。

面談は五人が一度に受け、順次質問に答えていく形式で進められた。中に数名の女性がここぞとばかりに、職場の不平不満を切々と訴え出す。試験官は慣れたもので不快な表情

をおくびにも出さず、淡々と訴えを引き出してゆく。聞いている私がハラハラする程、腹に積もった真情を得意げに吐露した。その女性達が定時社員になれたのか定かではない。

私はI店ミートで初の定時社員となり、なった途端に時給が六十円も上がった。

昭和天皇が崩御し元号が昭和から平成に移行した。私達の生活にも新たな変化が訪れた。


「美江子、相談があるんだ。ここに座ってくれないか」

夕食の後片づけが済んだ頃を見計らい、珍しく夫が真面目な顔を向けた。季節は晩秋を迎えた頃であった。深く考えもせずにテーブルの前に座る。

「実は大分前から和久井建設という会社から、うちに来てくれと誘われているんだが」

夫は言葉を噛み締めながら、ゆっくりと話す。

「どういうこと?」

早くも私の心中は穏やかではいられない。心の襞に刻み込まれた東京での辛い体験がトラウマとして、未だに根強く残っている。それが私を不安にさせた。夫の給料は安くとも共稼ぎで生活は安定していた。子供達は小学生になっている。いまここで生活に波風を立てたくはなかった。

和久井建設には常務に野木氏がいた。会社は親族会社であった。親から子に代が変わってから業績は下がり低迷していたらしい。そこへ野木氏が入り傾いた会社を建て直し、今では地域で中堅会社として名を馳せていた。その野木氏が次に目をつけたのが非破壊だった。非破壊とは、機械や構造物を壊さずに、その劣化状態などを調べることで、欧米では既に注目された事業ではあるが、まだ日本に於いては浸透されていない職種であった。

　野木氏は土木に関しては長けている人物である。だが非破壊の意味は理解出来ても、それの何たるかの知識もなければ、事業化する仕組みも掴めない。さりとて諦めきれない魅力が非破壊にはあった。何処かに良い人材はいないものかと、気に掛けていた先に夫がいた。夫は生コンクリートを販売する会社の事務員である。仕事に慣れてくると事務職だけでは飽き足らず、取引会社に足を運び次々と契約を取りつけて来た。その合間に業務に必要な国家資格の一級を取得していった。

「常務にはそういった先見の明というものがあるんだが、自分の手に負えない事業と判断し、それが出来る奴を探していて俺に目を留め、二年間じっくり観察していたらしい。こいつなら任せられる奴だと確信して、俺に声を掛けて来たんだ」

　非破壊？　私にはさっぱり分からないし分かる筈もない。話を聞きながら私は夫の顔を見た。その顔色を見て直感した。彼はこの未知なるものに興味を抱き挑戦したいのだ、と。

「非破壊ってなんなの？」

「俺にもまだよく分からない。調べて見たが専門書もなければ、それに関するデータすら見つからない。常務も一年、二年掛かってもいいと言っているんだ」

「でも貴方はやってみたいんでしょう?」

「そうだ、男と生まれたからには一度は俺の全てを賭けて、こういう仕事をしてみたい。どうしたらいいと思う」

静かな口調の中に非破壊への意気込みが感じられる。夫は相談と言いながら、心の内は既に決まっているのだ。やってみたいという彼の心意気も理解出来る。彼には何事に於いても開拓する精神、いや野心は大いにあるのだから。それを阻む権利が私には恐らくはない。

「今までの生活がそのまま維持出来るんなら、いいよ」

少なからず夫も緊張していたのであろう。私の返事に相好を崩し、

「当たり前じゃないか、引き抜かれるからには今までよりも給料は良くなる」

夫の理想とは別に私は至極現実的である。私は母なのだ。家庭を第一に考えている。

「よし、じゃあ会社は来年の二月中に辞めるようにして、和久井へは翌日から行くことにしよう」

次の仕事への意欲を胸に、これからの段取りを口にした。

今までのマネージャーが移動し、新しいマネージャーが赴任して来た。東札幌店からと聞いた時嫌な予感がした。やはり相手はあの高遠と言うマネージャーであった。彼は仕事に対してもワンマンで通し、どの店でも従業員から嫌われていたらしい。ある店では女性

従業員が全員退職を願い出た、という噂が私達の耳に届いていた。

その頃私は新しく出来た焼肉コーナーで対面販売を受け持っていた。I市の競合店にはない新コーナーである。カルビ、牛タン、ホルモン、ミノ、ラムなど豊富な品揃えが売りである。焼肉は八割以上冷凍品で鮮度維持の為に冷凍のまま切る。切るのに苦労しながら担当した。

作業場に大きな声が響く。作業を指示しているマネージャーの声だ。女性従業員を誰でも、おばさん、と小馬鹿にしたように呼んだ。職場の中で誰も反旗を翻す者はいない。皆が雷のような声に、ビクビクしている様子が手に取るように分かった。私は呼ばれると、

「おばさんじゃありません。秋元です」

きっぱりと訂正を返す。それに対しての反応はないので私との応答は二、三か月続いた。そのうちに怒鳴らなくなり、自然と名前を呼ぶようになった。

彼は仕事の出来る人であった。スライス一つ取っても誰よりも綺麗な仕事をする。各担当者の仕事ぶりをじっくり観察し、信頼に足る人間であれば全てを任せ、見込んだ女性従業員には徹底して仕込む、そんなタイプの人物であった。

私ともう一人の女性は刺身を担当するので、とことん仕込まれたように思う。肉には割り方がある。今まで牛の刺身に使う塊は全て、すぐ切れる状態に社員が区割りしてくれていた。仕事が一段落した頃に、彼は大きな牛のもも肉の塊をドンとまな板に置き、

「どういうやり方でも良いから、兎に角割ってみろ」

そう言い、一切手を出さない。恐る恐る包丁を入れ切り分けると、

「ここはこれでいい。しかしこの切り方で食べやすいと思うか。ここを切る時は筋に沿って切ればいい。肉の目と平行に切れば固く感じるから、この割り方は駄目だ」

要するに肉の割り方でその肉が生き、柔らかく食せる、ということを自らの目で判断させた。彼の人柄は慣れてみると、竹を割ったような小気味の良さがあるのだ。

マネージャーは定時社員の私に、社員がしていたトレーの発注をさせた。しろと指示するだけで発注の仕方を教えてはくれない。私は新人社員に発注の仕方を教えて貰った。機械操作が不得手な為に、覚えるまで幾度か社員の世話になった。失敗もあったが叱られることはなかった。

また彼は斬新なアイディアで、刺身を美味しく見せる技にも長けていた。今までは牛肉の刺身とたたき、馬肉だけだったが、ユッケや鶏のたたきを加え、トレーも普通以外に丸皿も取り入れた。畜産の刺身は週末やお盆正月になると飛ぶように売れ、売り場の商品がゼロになってしまう。切っても、切っても間に合わない。私が担当の時は本部から市場調査に来た主査が、ワイシャツの袖をまくり区割りをして刺身を切ってくれた。

I店の売り上げは毎年順調に伸び、道内でも上位を占め地域一番の集客を誇った。

またQCサークル活動も盛んで、店では独自に各課の売り上げを更に伸ばす為に、担当

者が良い商品を提供出来ることを目的に競わせた。刺身担当ではもう一人の女性と私が交互に店から表彰され、全道大会では札幌の会場でQCサークルに出場しメダルを頂く。

職場には学生のアルバイトも常時数人いた。その中に桐野、田原という短大生がいた。二人とも寡黙な子達で仕事にそつがない。職場に慣れると彼らはスライサーを教えて貰い豚肉を切った。私が刺身の担当の時のことだった。仕事を手際よく終えた桐野君達が、忙しい時は助太刀に入ってくれるようになった。

毎年、新しい社員が来る。ある年に高卒の社員が入った。私はいつも早めに出勤し、受け持ちの品出しをする。新社員も私同様、早めに出勤し売り場に出す値付けをしていた。順番を待っていた私は彼が奇妙な動作を始めたことに気づいた。値付けがおろそかになり、次いで顔を上向きにしてゆっくりと回り出す。

「〇〇君、どうしたの？」

声を掛けても返事もせずに天井を見つめ、クルリクルリと回っているばかり。私は呆気にとられ呆然としていた。数秒後、彼はどたりとその場に倒れた。目を剥き僅かに開いた口の端に泡をふかして。何をどうして良いのか分からずにオロオロとしていた時、マネージャーがドアの外を通り過ぎようとしていた。私は慌てて声を掛けた。

「マネージャー、〇〇君が倒れちゃった！」

作業場の中を覗いたマネージャーは、

「なんだ。どうしたんだ」

「分かりません。値付けをしていたと思ったら、急に天井を向いて回り出して倒れちゃったんです」

屈みかけた私に、マネージャーは、

「動かすな、靴を頭に乗せろ。そのままにしておくんだ」と言った。

それは、科学的根拠は全くないが、てんかんに効果があると、昔から言い伝えられている対処法だった。マネージャーは、その効くとされた民間療法を私に指示を出し、事務所へ戻る。彼の症状は、やはりてんかんのようであった。発作が起きた時が値付けで良かった。これがスライサーの最中なら、大事故を引き起こしてしまう。病院へ運ばれた彼は、再び職場へ姿を現すことはなかった。不幸な出来事であったが、少なからず幸いと言わねばなるまい。


夏休みの旅行は夫の意思で決められ、全て夫が段取りをした。旅行は長女が小学校へ上がったのを機に、計画したと推測している。

夏になると幾日か休みを取り、軽の車にテントを積み一家で出掛けた。最初は夫の親友が住む釧路。霧の町である。私達が訪れた時もどんよりとした日が続いていた。

「親友なんてものは生涯で一人だけいればいいんだ」

釧路行きを決めた時に夫は私に初めて打ち明けた。それまで私は夫に親友がいるなんて知らなかった。お互いに離れていても連絡は取り合っていたのだろう。

親友とは数十年ぶりの再会にもかかわらず、温かなもてなしを受け一泊した。ここでもちょっとした事件が起きた。次女はまだ保育園児だった。トイレに一人で入ると言う。あの頃はまだ水洗はなく、昔ながらのトイレである。私が危ないからと反対しても聞き分けない。どうしても一人で出来ると言い張る。仕方なく、

「分かった。あのね、理亜、絶対鍵を掛けたら駄目だよ。ここはこのまま触らないでね」

トイレの内側にある木の引手に触らないように何度も念を押す。

「うん、分かった」

ようやく回り出した口で返事をする。私と夫はトイレの前で次女が出て来るのを待った。あれ程しつこく念を押したのに鍵を掛けてしまった。鍵を掛けたのは良いが開け方が分からない。さあ、困った。口々にああだ、こうだと教えるのだが、どうにもならなかった。夫がドアを破ると言い出した時、思い出したように親友が叫んだ。

「そうだ、外に明かり取りの窓がある」

ある夏は旭川から富良野へ向かった。峠では茶店が商いをしており、そこで飲んだ牛乳の濃さと美味しさに舌鼓を打った。本物の牛乳の味にはその後出合ってはいない。国道を走っていた夫が車を停め道路地図を開いた。

「おい、ここに近道があるぞ。ここを行ってみよう」

指で示された道路は、但し書きに〝冬期間閉鎖〟の文字が。

「パパ、ここ冬期間閉鎖って書いてあるじゃない。大丈夫なの？」

「ばかやろう、それは冬の間だけで今は大丈夫という意味だ。この方が早く行けるじゃないか」

ふーん、と素っ気ない返事をし、私は黙った。広かった道が進むにつれて狭くなっていく。辺りは熊笹が生い茂り大木が枝を伸ばし、うっそうとした景観が限りなく続いた。木々の葉に光が遮られて日中なのに薄暗い。更に道幅が狭くなり車に笹がビシッ、ビシッ当たる。今にも獰猛な羆が出て来そうな雰囲気に、

「パパ、段々狭くなっていくじゃない。行き止まりにでもなるんじゃないの。戻った方が良くない？」

心細さに思わず叫ぶのだが、夫は全く意に介さず大丈夫だ、と言うだけでハンドルを操作する。もう私の心は不安だらけて心臓がバクバク脈打つ。ようやく辺りが明るくなりストンとあっけなく二車線の道路に突き当たった。

体中に力を入れ緊張していたものだから、広い道路に出た途端にどっと疲れが出た。安心したのも束の間、次女の様子がおかしい。元気がないのである。額に触ってみると火のように熱い。私は慌てた。解熱剤も風邪薬も持って来ていなかった。

車は富良野の町中を走っていた。こんな時に限って店の一軒も見当たらないのだ。膝に抱いた体が熱い。辺りは暮色が迫り出した。夫も気が気ではないのだろう。張り詰めた空気が車内に充満した。温泉街に入った。ある宿の駐車場に車を停めた。

「空いているか聞いて来る。駄目ならテントを張らせて貰う」

宿の番台で風邪薬を二回分貰い、飲ませたが下がらない。食堂で隣の席の奥さんが声を掛けて来た。事情を話すと、持ち合わせがあるからと解熱剤を分けてくれた。

洞爺湖へも行った。湖のほとりでテントを張り一泊した。キャンプ場ではないので二、三、テントがあるばかりの狭い水辺。水の中に入ると足を無数の小魚がついばんだ。心地良い軽さでつつく。歯が当たらないので本当に軽いタッチである。面白くて何度も入ってはキャッキャッと親子ではしゃいだ。夜になると真っ暗な湖の向こうで花火が上がった。特等席だった。一晩中波の音を耳元で聞きながら、背中が痛いなあと思いつつまどろんだ。

襟裳の時はうだるような暑さの中、途中の物産展や食事処に立ち寄りながらの行程で、着いた頃には暗闇が広がっていた。海に向かって細い道をノロノロと走る。暗がりの中で波の音だけがやけに身近に聞こえ、まるで海中に向かっているような錯覚さえ起こす。

「ねえ、海に向かっているんじゃないの?」

心細さも手伝い私は夫に不安を漏らす。

「大丈夫だ。何処かに平らな所ないかな」

たまにポツンと裸電球が電柱に点っているだけで、通り過ぎればもう漆黒の闇の中。今が何時なのかも分からず、人家の灯りさえ見えない。娘達は後ろの席で眠っている。石ころばかりの浜だが、ようやく平坦な場所に出た。

「よし、ここにテントを張るか」

ライトに浮かび上がる小石を見て、やけに粒ぞろいの小石だな、と不思議に思った。ライトを頼りに二人でテントを張り出した。後は荷物を出すばかりである。闇の向こうから眩しい程の灯りが近づいて来た。懐中電灯だった。小太りの男性が近寄って来て、

「こんな所にテントを張ったら駄目だよ。ここは昆布を干す場所だから」

夫は男性と言葉を交わす。

「ここは個人の持ち場で、俺らの隣が空いているからテントはそっちへ移した方がいい。持ち主に許可を貰わなければ。俺も一緒に行ってやるからさ」

親切にもそう言ってくれた。男性の案内で夫は持ち主の家に向かい、私は長女と二人でテントを暗がりの中で移動した。隣のテントには娘達と同じ年頃の二人の男の子がいて、彼らは札幌から毎年来ては、夏休み中を過ごすのだと男性は話した。

夜明けとともに霧が発生した。海風に煽られた霧はテントを通して霧雨のように顔に掛かった。やがて霧が晴れると真っ青な空に、色違いの蒼い海が果てしなく広がる風景が望めた。荒削りな岩に波がぶつかり砕け散る。ごうごうと唸り私達の声はかき消された。陽

が高くなるにつれ引き潮となり、海中に没していた水路が二本の深い溝を伴い現れた。ここは地域の住民のみが利用する小さな浜だった。

夕べテントを張った場所に目を移した。ほぼ同じ大きさの小石が敷き詰められ、ゴミ一つ落ちていない。敷き詰められた小石は陽光を浴び、ダイヤモンドのような光を放ち誇らしげに輝く。昆布を干す専用の干場《かんば》と呼ばれる空間が広がっている。

小さな浜には役目を終えた小舟が所在無げに横たわる。浅瀬になった水中には、成長過程の馬糞ウニや毛ガニがうごめいていた。男性が食べさせてくれたウニは、磯の香りがして美味しかった。夫は日がな一日缶ビールを飲みながら海を眺め、のんびりと過ごす。酒の肴にと男性が素手で捕まえた小魚を小刀で捌き、海水で洗い醤油を垂らして食べた。

私と子供達はすることもなく、半ば惰性で昼と夜を過ごした。ここには三泊滞在した。

次の年には長野から姉の家族がやって来た。姉には長女と一つ違いの娘がいた。男同士で酒を酌み交わしながら、旅行にでも行ってみるかと話がまとまったようだ。日本海に沿って稚内方面へ向かう。途中あちこちに寄り道しテコテコと行く。小さな湾では、小さなゴムボートに長い綱をつけ、子供達を乗せて海に出る。荒い波が寄せては返し、ボートは今にもひっくり返りそうな気配に私は肝を冷やす。ボートの中の子供達はキャッキャッとはしゃいで大喜びだ。男達も海に入り一緒にはしゃいでいる。私は私でボートの綱を固く握り、手繰り寄せようと必死の形相で格闘していた。夜は砂浜にテントを張り眠った。

二日目に稚内の漁港まで来た時、利尻まで足を伸ばそうと男達が決めた。子供を含めて総勢七名である。利尻では宿を決めてから山のお花畑を巡り、翌日の早朝に男達は釣りに出掛け数匹の魚をゲットして来た。それを焼いて貰い朝食のおかずにした。

最後はトマムだ。夫が転職して数年後の夏だった。トマムは山中にあり、高く伸びる円形の建物が有名だった。夏場はゴルフが主流である。階上の部屋の窓から目に入るのは芝の青と木々の緑ばかり。夕食は一階から四方に伸びる廊下を渡り、様々な店が並ぶ中を物色して歩く。大勢の客で通路はひしめき合っていた。

朝は冷蔵ケースに入れて持って来た握り飯と漬け物で済ませた。ここには様々な遊び場がある。ホテルから三十分間隔で周遊バスが出て、目的地まで運んでくれた。夫は流れるプールへ向かった。次女は何が気に入らないのかプールには入らないと言う。

「分かった。もういい。これからお前達はお前達で行動しなさい。パパはママと二人でするからな」

流石にがっかりしたのか、夫は子供達に言い渡すと帰路に就いた。理由は後に生理中だと判明した。父親に知られるのが嫌だったらしい。その後、家族で楽しむ夏のバカンスは二度と行われなかった。

夫は宣言した通りに年の改まった二月に会社を辞め、和久井建設へ勤め出した。夫が手掛ける非破壊の仕事が軌道に乗るまで、会社の人間から受けた誹謗中傷は並大抵ではなかったようだ。理解者は野木氏だけだった。毎日が手探りの状態で活路すら見出せない。それでも夫は目的に向かって一歩ずつ前へ進んでいった。私に弱音を見せることもなく、ただ毎日弁当箱を持ち決まった時間に、

「行って来るぞ」

そう言い、家を出た。私に当初の境遇を口にしたのはたった一度だけで、仕事が軌道に乗り出した頃のような気がする。

「俺は会社で給料泥棒と言われたことがある。まあ俺は何を言われようと、へこたれはしなかったがな」

アルコールの酔いも手伝ってかポロリと零しただけ。夫は芯の強い人である。叩かれれば叩かれるだけ強くなる。まして夫には非破壊を自分のものにするという、魅力的な目的がある。いちいち他人の心無い暴言にひるんでなどいられない。どんな時でもその集中力は卓越していた。そういう私ですら、夫の人間性をまだ把握出来ていない。真の夫を理解するには、あまりにも私は無知であり過ぎた。

私が子供達を保育園に預けてから勤めた食堂〝松竹〟で親しくなった松海さんは、同じ町内で住まいも近い。すぐに打ち解けお互いの家を行き来した。子供は春子ちゃんという女の子が一人。色白で親に似ず大人しい。長女と同い年で保育園も同じ組。子供達も仲が

いい。次女が三歳くらいの時のことだった。私も休日で洗濯物を庭で物干し竿に掛けていた。一人遊びに飽きたのか、出て来た理亜が回らない口で、

「春子ちゃん所へ行く」

と言う。姉は既に松海宅で遊んでいる。一瞬悩んだがせいぜい五十メートルくらいで、家の横からは真っ直ぐの道。迷うことはないと踏んだ私は、

「春子ちゃんの家、分かるの」

「うん」

「真っ直ぐだからね」

干し物の手を休めずに送り出した。理亜は歩く度にキュッキュッ鳴るサンダルを履き走っていった。洗濯物を干し終え家の中に入ったが、ふと次女は無事に着いたのだろうかと思った。確認の為に行ってみよう。急いで向かった。庭では二人が仲良く遊んでいる。

「あれ？　理亜は？　来なかった？」

「知らないよ。来てないもの」

答えながら遊びに熱中している。エエッ！　心臓が跳ね上がり顔から血の気が引いた。この道の先はT字路で、左右に伸びた道路沿いは整備されてない灌漑溝が続く。初夏とはいえまだ水量は普段より多い。走ってT字路まで行き、左右を見たが姿が見えない。私の胸はますます激しく脈打つ。一体何処へ行ったのだろう？　右はやがて国道にぶつかり左

はずーっと田園地帯が続く。私もまだ行ったことがなく、その先がどうなっているのか分からない。不安だけが募り、自分の愚かさに地団駄を踏んだ。

走るよりバイクの方が早い！　走り掛けて気づき、咄嗟に自宅へ引き返した。バイクでT字路を左に曲がり次女の名を心の中で呼び、目を血走らせ次女を探す。かなり走っても姿がない。何処まで行ってしまったのだろう。急く心はバイクよりも先を走っていた。

と、ポツンと小さな塊が視界に入った。それが少しずつ大きくなり幼女の後ろ姿に変わった。理亜だ！　やっと見つけた！　脱力感が全身に広がる。バイクを止め尋ねた。

「理亜、何処まで行くの」

目の向こうに線路が道路を横断しているのが見える。

「春子ちゃんち」

理亜は何の疑いもなく答えた。その体を抱き締めバイクに乗せた。幼い次女の言葉を信用したばかりに、肝を冷やした夏の出来事であった。

〝オッキー〟に勤めてから、保育園へ迎えに行く時間が時々遅くなった。そんな時は園長先生か他の先生が残ってくれ、理亜の相手をして待っていてくれる。

猛吹雪の日であった。店内に客もいなくなり、従業員も早く帰れることになった。帰れそうもない人は、ホテルに泊まれる手配がなされていた。夫からの電話で子供達と家にいると連絡があり、私は安心して吹雪の中を歩いて帰った。家の中へ入ると、居間は空っぽで賑やかな声が風呂場から聞こえた。風呂場を覗くと一人多い。娘達を迎えに行ったついでに、松海さんの娘も連れて帰ったのだ。私は松海さんが勤めている食堂〝松竹〟へ電話を入れた。

「心配していたんだ。うちのも仕事だし良かった、終わったら行くから」

彼女は閉店時間まで仕事をする気でいる。こんな時にと呆れながら受話器を置いた。彼女は何時になっても迎えに来ない。吹雪は既に治まっている。夫に声を掛けて長靴を履いた。松海宅の前に行くと人影が見える。

「雪掻きが終わってから迎えに行こうと思っていた」

なんて無責任な親なのだろうと腹が立つ。娘が心配でないのか？　私なら家に入る前に迎えに行っているのに、と呆れた。

ある夏の午後、仕事を終え帰宅すると、居間で見知らぬ老婦人が座布団を枕に横になっている。私は呆気にとられて声も出ない。すると老婦人は、

「私、松海の親です。具合が悪くて娘の職場に電話したら、仕事で帰れないから秋元さんの家で迎えに行くまで、待っていてって言われたので」

子供達に案内して貰い我が家で横になっていたのだ。私は慌てて隣の部屋から毛布を持って来て掛けた。こんな調子で私は時々、松海さんに日常を掻き乱された。

〝親しい仲にも礼儀あり〟と昔の諺にあるのだが……。

穏やかに過ぎていく中で、心の内に漠然とした思いが膨らみ始めた。何の変哲もない日々の営み。子供がいて夫がいて、そんな暮らしを切に望んだのは私だった。それなのに全てを手に入れ、幸せに満たされ過ぎた末に訪れた贅沢な不満。

何故この人が私の側にいるの？――。隣の布団に眠っている夫の、理性的な額に続く高い鼻梁、その横顔を冷めた目で見つめ、そして思う。

私の側にいる人は、本当はこの人ではなかった筈なのに――。置き去りにした過去の心残りを、いまなお忘れずにいる。過去と現在とのギャップに落ち込み、私は数年に一度、己を見失いそうになる。そして当の夫はどうなのだろうと考えた。その答えはいずれ知ることになるのであろうが、凡人の私は母になっても少しも成長していなかった。追憶の余韻に浸されて私は眠りに就いた。

夫には明かせない心の秘密を抱く一方、私には夫に対して幾分かの負い目がある。彼は大望を抱いて上京した筈であった。その夢を果たせないまま結婚し、子供を成した。私は私の一方的な愛と、子供という糧を餌に夫の夢を潰えさせてしまったのではなかろうか、という恐れにほかならない。子供が出来てからの夫の変貌ぶりは、夫を知る者には驚き以外の何物でもなかった。この私が信じられないくらい、子煩悩で家庭的なパパに変身したのだから。

「ねえパパ、私と一緒になって後悔してない？」

こんな問いを初めて口にしたのは、Ｉ市に移り、生活が安定した数年後のことである。

「いや、お前のお蔭で、こういう幸せもあるものだと俺は初めて知った。感謝しているよ」

返って来る言葉に微塵の迷いもなかった。私は嬉しさのあまり思わず胸を詰まらせた。

夫と過ごした歳月の中で、この問いを私は幾度か繰り返した。

娘達が保育園に通うようになってから、私は二人に時々言い聞かせた。誰とでも仲良く、一人ぼっちでいる子に声を掛けて一緒に遊ぶんだよ。等々、素直に頷き娘達はそのまま実行してくれた。

「りったんのお母さん、りったんがけいちゃんに噛みつかれて、ほっぺが腫れちゃって」

迎えに行くと園長先生が手を引きながら出て来た。見ると次女の頬にくっきりと歯型が残り、腫れている。

「けいちゃんは少し言葉が遅くて、思うように喋れないものだから、その反動で噛みついてしまうみたい。りったんはいつも優しく面倒を見てあげているんだよね」

私の言い聞かせが裏目に出たようだが、相手も自分の意思を思うように伝えられないもどかしさが、つい噛みついてしまう、という行動になって表れたらしい。保育園を卒園するまで次女は、何度も同じ子に噛みつかれ、頬や手の甲を歯型で腫らした。私は相手を思いやる優しい子供に育った二人の娘を、誇らしく思った。

夫が職場を変えて一年が過ぎた頃、

「おい、誰か俺の仕事を手伝ってくれる奴はいないかな」

ビールを飲みながら聞く。私に誰かいないか、なんて問い掛けは今までにない。色々考えたが夫の仕事は非破壊である。私には理解不能な職種だ。

「説明しても分からないかも知れないが、兎に角、一緒にやってくれる奴が欲しいんだ」

夫が切り出すということは、先が見えて来た、という証しに違いない。乏しい人材を思い浮かべるのだが、誰でもいいという訳でもない。考えた末に頭に浮かんだのは桐野君であった。彼は真面目で機械に強い面を持っていた。私は桐野君の名を挙げ、知り得る限りの情報を話した。

夫は乗り気で、条件は何でものむ、給料は保障する、春、秋の農繁期は好きなだけ休んでいい。それだけを説明してくれ、と夫は言った。やがて刈り入れも済み、新米を持って桐野君がやって来た。お茶の用意をして待っていた私は、米代を払いながら話があると居間に招き入れた。

「俺だって、好き好んで出稼ぎに行っている訳ではないんだよ。本当はこっちで働きたいけど、勤めたくてもこの状況だと、何処も雇ってくれる会社がないから、仕方なしに行っているだけなんだ」

あくまでも冷静に桐野君は置かれている現状を話し、親に相談して返事をすると言うので、私は会社の所在地と電話番号を渡し、訪問する前に電話をするように言づけた。

こうして桐野君は夫の会社で初の社員になった。彼は寡黙だが、物をはっきりと言う性格であった。仕事では度々夫と衝突を繰り返したが、夫は彼を大いに気に入ってくれた。

「仕事の出来る奴は相手が社長であれ、自分の意見をはっきりと述べる。桐野は俺に研究所と言っても何の研究所なんですか、と食って掛かって来た」

目を細め嬉しそうに話す。仕事も順調のようで、社長はじめ社員の見る目が日ごとに変わって来たらしい。同じ看板を掲げている会社は、本州に一社あるだけのようであった。夫がどのように非破壊を会得していったのか、知る術はないのだが業績は確実に伸びていった。和久井建設の直属の会社として設立した直後に、同じ敷地内に非破壊検査研究所の社屋が完成した。夫は非破壊の名を背負って新社屋の主になった。

野木氏によってもたらされた非破壊。夫はその未知なるものに強く興味をそそられ、果敢にも挑んでみようと決めた。決めたからにはその道を極める。未だ日本に於いてはほとんど知られていない存在のもの。己の生涯を懸けて熱中出来る唯一の事業であったのだと私は思う。

看板を立ち上げてから、近隣の関連会社に社名が浸透するまでに、そう時間は掛からなかった。そこには夫の用意周到な計算があったからだろうと推察される。

その一方で、もしかしたら日常の変わらぬ暮らしが夫には心地良く、仕事に没頭出来たのかも知れないと都合よく解釈するのは、私の慢心だろうか。

〝オッキー〟で働きながら私は家を探していた。終の住み処が欲しい、東京にいた頃からの望みであった。

「おい、ちょっと家を見に行かないか」

年が変わった二月頃、家の話題などしない夫が珍しく口にした。私の休みを見越してのお誘いなのである。仕方なく車に乗った。町中を通り過ぎアンダーパスを潜った辺りで胸がざわついた。

もしかしたら？――。降り立った所はひっそりとした住宅街の中にある家の前。真冬に見る建物は、それこそ雪の中に埋もれている。

「ここは常務の元の家だったんだ。去年の秋に引っ越してから空き家になっている」

やっぱり……――。あのざわつきは、これだったんだ。変にがっかりした。仕事、仕事の夫が家を探す余裕などある筈もないのに、と思っていた。

夫はいつになく饒舌であった。私は玄関から続く間取りが気に入らない。何かスッと入れない抵抗感がある。物事にあまり頓着しない私が、この時はそう感じた。

「どうする？」

夫の問いに私は諦めの表情を滲ませ、

「あなたの好きなようにしたら」

と投げ遣りぎみに答えた。あまり気のりはしないが強いて反対する理由もない。

「じゃあ、決めるぞ。すぐ銀行に掛け合ってみる」

「あのね、支払いは毎月均等にしてよ。ボーナス払いはなしね」

月々の返済を無理のない金額にすることなどを条件に出す。平成二年三月に契約が成立。中古ではあるがようやく終の住み処を得たのである。

家を買う、と決めた時点で私は夫に聞いた。

「ねえ、野木さんの所へ私も挨拶に行った方がいいんじゃないの？」

私は一般論を述べた積りだ。それは常識の枠内であったから。

「只で貰うんじゃないんだ。きちんと買うんだから、そんな必要はない」

即、却下。夫の返事に反感を覚えつつもあっさりと黙ってしまった。

家を手に入れてから、次に心配したのは子供達のことであった。学校は転校しなければならない。子供達には私なりの方法で説明をした。二人は怒りもせずに聞き、私の提案を受け入れてくれた。

契約を済ませ数日が過ぎた夜に、

「おい、何かオッキーで見繕って常務の所へ挨拶に行って来てくれ」

日本には良くも悪くも古くから、区切り時には一種の慣例があることを夫は逸していたのだ。私は店で一番高い洋酒と手切りの焼肉セットを手土産に常務宅を訪ねた。

「お蔭様で先日、ようやく契約も済みましたのでご挨拶に伺いました」

型通りの口上を述べ、つまらないものですがと手土産を差し出し、丁寧に礼を述べてからその場を後にした。


三月の中頃に私達は引っ越した。四月になり娘達はそれぞれの学校へ通い出した。この月に驚くことがあった。娘達は今まではずっと、パパ、ママと呼んでいた。それが突然ある日を境に〝お父さん、お母さん〟と呼び出した。心の中でうろたえはしたものの私は表面上の平静を装った。夫は平気な顔をしている。姉妹で話し合った末に呼び方を変えたのだろう。私達夫婦も娘達と一緒に成長したような、そんな気持ちにさせられた日であった。

次女が転入した小学校は、新築して年数も浅いので何処を見ても新しい。今までの学校とは比べられない程小さな小学校で、クラスも一学年で一クラスしかない。

子供達はそれぞれの学校で、すぐ友達が出来たようで安心した。小学校も中学校も家から十分足らずの距離にあった。児童の少ないお蔭で利点もあった。揉め事もなく運動会の席取りもない。好きな場所を選べるのだ。毎年、運動会になると夫は両親を呼んだ。私は前日から料理の仕込みに忙しく、翌日は目に太陽が眩しかった。

冬に入る頃、次女が子猫を拾った。仕事を終え帰ると珍しく次女が炬燵に入っている。なんだかもじもじした様子。私は着替えてから夕食の用意を始めた。器を取ろうと振り向

いた私に次女が、

「お母さん、猫飼っていい？」

はにかんだような顔で聞いた。今までは雑種ばかりだったので、私は猫を飼うなら血統書付を飼うと常日頃話していた。

「どうしてさ」

顔を向けた私へ娘はほらっ、と炬燵の中から両手を出して見せた。小さな手の中に真っ黒い子猫が、ちょこんと納まっている。動きも鳴きもせずにじっとうずくまったまま。

「学校の帰りの道端に捨てられていたの。誰も飼えないって言うから可哀相で、お母さんなら飼ってくれるかも知れないからって、連れて来た」

「お母さんは血統書付を飼うって言ったでしょ。すぐ戻して来なさい！　駄目だよ！」

「だって……」

次女も私の剣幕にそれ以上は何も返せず、しぶしぶと立ち上がり居間を出ていこうとした。その背へ、

「そんな小さいのを置いて来たら、すぐ死んじゃうでしょ！　全くしょうがない娘ね」

飼っていいよ、次女が嬉しそうな顔を向けた。真っ黒だと思った毛がよく見ると、黒に近い焦げ茶だった。名前は私がつけた。ダークブラウン、通称ダヴ。この雌猫はとても聞き分けが良かった。乳離れしたばかりのような幼さなのに、一度でトイレを覚えた。母猫

を恋しがって鳴くこともなく家族全員に愛された。ダヴは利口な猫で、私と夫が言い争いをしても、長女を叱っても知らん顔なのに、次女を叱る時だけは体を摺り寄せ、膝に乗り顔を舐め何とか私の気を逸らせようとする。拾って貰った恩をダヴはちゃんと噛み分けているのだ。

新しい住まいでの生活が落ち着いた頃を見計らい、夫が私に告げた。

「おい、そろそろ仕事を辞めて家にいてくれないか。もう俺の給料で充分に生活も出来るし、家の中の用事だって結構あるものだぞ」

その言葉を私は聞き流した。子供達もようやく手を離れ、自由な時間も持てるようになった。それにまだ働きたいと思ったからだ。

職場に新しいパートが入った。若いが蓮っ葉な口調で喋り散らす品のない女性である。そのパートが、私と仲の良い同僚と相性が良かったのか二人は親しくなった。同僚はパートと親しさを増す一方、私を疎外し出した。私の担当は焼肉コーナーで作業場とは離れていた。労働時間も残業が出来ないシステムに変わり、午後三時以降は定時社員の私に準社員の彼女とこの女性だけ。

掃除の時は手伝うのだが、二人は私が話し掛けても無視し、顔を見合わせ大声で笑い、それは日を追うごとに激しさを増していった。流石の私も辛くなって来た。思い当たる原因も見当たらなかった。今まではその都度、場を取り持って来たのだが、今回はひどかった。職場に向かうのが億劫で仕方がない。

季節は夏に差し掛かり梅雨でもないのに、ひどい雨になった。いやに夫の帰りが遅い。じりじりして待つ。ようやく九時過ぎに帰宅したその姿を見て私はギョッとした。右手に真っ白な包帯を巻いている。指は僅かに包帯の中から覗いているのみ。

その日は朝からぐずついたはっきりしない天気で、昼頃にはポツポツと雨粒が落ち出した。次第に激しさを増した雨足は、やがて土砂降りへと変わっていった。激しい雨の中でスムーズに仕事がはかどらない。見兼ねた夫が手を出した。そこで運悪くベルトコンベヤーの機械部分に、手を挟んでしまったらしい。もうドキドキでいても立ってもいられず、その夜はまんじりともせずに朝を迎えた。

仕事が嫌な訳ではなかったが、他のパートが帰った後の雰囲気に嫌気が差していた。毎日悩むのだが解決策さえ見つからない。雪が降れば原付バイクには乗れず、またバスで通う日々が始まるのかと思うとため息が出た。夫の言葉が蘇る。

仕事を辞めて家庭に入ってくれ――。まだ働きたい気持ちと夫の言葉の比率がどんどん入れ替わって来た。

意を決し退社後に、マネージャーを店内のコーヒー専門店に呼び出した。

「駄目だ」

私が退職を告げると即座に返事が戻って来た。私にも分かっている。これから店舗は師走のかき入れ時に突入する。だが私にはマネージャーを説得する自信があった。マネージャーの気性は把握していたし、彼もまた私の性格を知り尽くしていたと思う。一度出した退社届を撤回する私ではないことも。私は理由を説明した。勿論、夫の怪我を理由にして切々と訴えるのみに留め、職場内でのいじめを持ち出すことは一切しなかった。

やや時間を置いてマネージャーは分かったと言い、

「残っている有給休暇は全部使っていいからな」

最後は意外と優しい言葉で締め括ってくれた。やはり男気のあるマネージャーである。忙しさが増して来る最中に、辞める私へ思わぬ展開が待っていた。ミートが送別会を開いてくれるという。送別会には全員が出席してくれ、更に隣の惣菜にミートから移った男性も来てくれた。彼はバイトだったが、惣菜のマネージャーに目を掛けられ社員として迎えられた。ミートのマネージャーは、社員への道が開けるならと彼の背中を押したのである。

送別会の翌日から私は専業主婦に収まった。毎日が休日である。夫や子供を送り出した後の、この解放感は何ということだろう。新鮮で充実？　今までの毎朝の日常との違いに、戸惑いさえ覚えた。外は冬。片づけを済ませれば後は自由な空間で、のんびりと炬燵に入り、気ままに刻を過ごす。初めは嬉しくて仕方がなかった。やっと普通の主婦になれた。そんな気がしていた。けれど、毎日の同じ繰り返しが次第に飽きてきた。

冬ともなれば表での仕事は雪に埋もれて何も出来ない。外は一面雪に覆われ各家々もすっぽりと雪の中に埋もれている。上空から眺めたならばまるで真綿にくるまれた住宅が、ヌクヌクと温かく見えることだろう。そう、外は鼻毛もバリバリになる程の凍《しば》れでも、家の中は温かい。仕事を辞めてはみたものの暇で仕方がない。誰もいない昼間の長さ何とかならないの？　テレビも読書も飽きちゃった。広告を見て夫と買い求めた長椅子に寝そべり、手元の広報誌を何となく開いてみた。ン？　私の目がある場所で止まった。

十日学校？　何だこれは？　でもちょっと面白そう——。それはＩ市の婦人団体連絡協議会（婦連協）主催の、平成二年度第三十七期十日学校の募集要項であった。募集内容は地域活動、リフォーム、編集クラブ、ボランティア、ワープロとある。

どうせ暇を持て余しているのだから、行ってみようかな——。私の好奇心が頭をもたげ出す。時間潰しには丁度良い時間帯だ。早速申し込んだ。十日学校は婦人会館で一月の中旬から二月末まで開催される。ワクワクしながら当日婦人会館へ向かった。思った以上の人数に圧倒されながら、空いている席に着いた。隣の女性と挨拶がてらに言葉を交わした。彼女はワープロクラブの希望者で何となく馬が合う。私もワープロクラブに入りたかった。希望者は結構多い。数人の指導者がいて親切に教えてくれた。

ここで知り合った私達は自然と同じ席に座った。十日学校も中盤に差し掛かった頃、彼女は次から来られなくなったと私に告げた。ご主人が入院したので看病しなければならないと言う。折角知り合いになったのにと寂しい気はしたが、ご主人が病気では仕方がなかった。

〝オッキー〟のミートに約八年勤めた。色々あったけれど充実した日々を過ごしていたのだと気づいた。子供に手が掛からなくなった今、この長い時間に苦痛さえ感じてしまうのは何故だろう？　有給休暇が終わり、〝オッキー〟から離職票が届いた。

ワープロは最近流行り始めたばかりの最新鋭の機械だった。あちこちにワープロ教室が有料で開かれ出した頃であった。職安でも幾つか職種の技能を身につける教習があり、その中にワープロも入っている。私の失業保険が受けられるのは三か月後からだ。一年間じっくり学びたいと思った。

「ああ、四月から半年間のワープロ講習がありますよ。丁度良かったですね」

断ると働く意志がないと判断されるかしら？　頭の中で落胆しつつ、手続きを済ます。

教室には二十人の生徒と二人の女性講師が待っていた。デスクトップの堂々としたワープロの前に座る。一台を二人で交互に使う。

まず電源の入れ方から学び順序良くワープロを開く。相手がワープロに向かっている間は、講師の言葉を聞き逃すまいと聞き耳を立て、操作を覚えようと横から見つめた。

面白かった。どんどんワープロに夢中になっていく。同じ機種のデスクトップを購入した。家でワープロに向かう時間が増えていった。翌年の技能検定二級を受験し、合格した。

文章は六百字を打つ。平仮名、カタカナ、漢字、数字、英字など全てが入っているので、打ち手は大変だ。時間も決められていた。他にワープロの常識問題やら何やらある。皆真剣な面持ちで技能検定を受けた。

私は北海道職業能力開発協会の中央職業能力協会と日本商工会議所のI商工会議所（これは通商産業省・後援）の二級を取得した。

ワープロ教室が終盤に入ると、教室を運営している校長が事務の仕事を斡旋してくれたが、経験がないので断った。

「秋元さん、一緒にパソコンを習わない？」

前の席にいた女性から誘われた。彼女は私より年配だが何かと声を掛けて来る。彼女は一風変わっていて、人によっては頭がおかしいのではないかと、疑いたくなるような話し方をする。ワープロ講習を卒業した後で彼女とパソコンを習った。当時のパソコンはデスクトップが主流で、保存するフロッピーはワープロのよりも薄く、直径十五センチくらいはあった。初級授業を受け、次の段階へ進む辺りで止めた。

また退屈な時間がやって来た。すべきことも今日しなくても明日がある、と思うと明日に伸ばす。雨が降ったから明日やればいいや。あれ、今日は少し頭痛がするから止めとこう、と、ドンドン自分を駄目な方向へ導いていく。すっかりなまくらになってしまい、毎日ゴロゴロしているものだから、ブクブクと太り出した。

私が〝オッキー〟を辞めてから、ミート仲間の数人でOB会と称し、我が家に集まり茶話会を催すようになった。太ってゆく私を皆は、

「やだー、秋ちゃん、すっかり座敷豚になって」

とからかう。秋になると何処かへ行こうと話がまとまり、四人で紅葉山へ紅葉狩りに出掛けた。秋晴れの空に紅葉が映える。久しぶりの遠出で私もウキウキしていた。

「そういえば高遠マネージャーの所へ行ってみようか」

誰かの発案で、よし行こう、と話がまとまった。

高遠マネージャーの在籍中にこんなことがあった。毎週土日に多くのマネキンがミートにも入る。マネージャーがあまりにも厳しいのでマネキンから嫌われた。次第に仕事の出来るマネキンだけが集まった。暮れのギフトの時である。開店前にマネキンが集められ、今日の売り上げ目標を一人ずつ述べさせられた後で、

「いいか、どんなことをしてでも売り上げを上げてくれ。それに伴う苦情は一切俺が責任を取る。いいな」

とマネージャーは発破を掛けた。言葉通りマネキンに責任を取らせることはなかった。その暮れのギフトは北海道内の店舗の中で一位の売り上げとなった。

マネージャーは女性従業員を「おばさん」呼ばわりした変わり者だが、こと仕事に関しての妥協はどんな場合もせず、厳しさの中に人一倍の優しさを持つマネージャーだったの

である。私達は一路麻布を目指した。彼はＩ市から麻布に転勤になっていた。私達四人が、売り場からマネージャーに声を掛けた。

「マネージャーの顔を見に来たよ」

そう言うと驚いたような顔をし、次に嬉しそうに相好を崩す。仕事の手を休め店内の喫茶店に誘われた。ひとしきり話に花が咲いた。ふとマネージャーが、

「秋元さんは、今、何をしているんだ」

「私？　専業主婦しているよ」

「働いてないのか。勿体ないな」

しみじみとした声で言った。私はその一言で報われたと思った。このマネージャーと出会い、一緒に仕事が出来て良かったと心の底から感じた一瞬であった。


終の住処へ越した年の春、小さな庭に様々な草花の苗を買っては植えた。まず手始めに雪がすっかり溶けた頃を見計らい、前の住まいに置いて来た巨峰の葡萄二本と、サクランボの木、白とピンクのエリカを掘りに行った。サクランボは庭で一番陽当たりの良い場所へ。葡萄は少し離して夫が植える。私はエリカを道路に面した入口の角を選び植えた。

五月に入り前住人の野木夫人が庭の樹木を引き取りに来た。が、私の留守中に訪れたらしく、不要な木と大きな庭石はそのまま残された。

「庭は畑にして、お前の好きな野菜でも作ればいいじゃないか」

夫はそう言ってくれたが、綺麗な草花だって私は大好きだ。だから好きな草花を沢山植えてやろう。デコボコの庭にトラック一台分の黒土を入れた。

オッキーに園芸店があり、春になると草花や樹木の苗木も沢山並ぶ。その中から大輪のバラを買う。名前はプリンセス・ド・モナコ。花びらは白地にピンクの縁取りが華やかだ。毎年素敵な花を咲かせ私の目を楽しませてくれる。

小学校へ通い出した次女は、同級生とすぐ仲良しになり学校が引けると、車庫兼通路の上のプレハブに男女数人の友達が集まり遊ぶ。仕事が休みの日には茶菓子を用意しココアを入れ、子供達を歓待した。市販のスナック菓子などは体に良くないと思い、他のおやつを選んで用意したのだが不評だったようで、

「理亜のお母さんはケチだ。お菓子が少ないと言われた」

と次女は私に訴えた。考えれば地域的に半数の子供達の家が農業を営む。忙しい親達は、手軽でかさばる菓子類を与えていたようだ。育った環境の違いがそう言わせたのだろう。

婦連協の会長は心の広い包容力のある女性で、その人柄に私は好感を抱いた。ワープロの二級を取得した私に、会長から事務局の書記をして欲しいと連絡が入った。時間を持て余していた私は承諾をし、時々事務局の集まりに出向くようになった。必要な時はバイクの荷台にデスクトップを括りつけ出掛けた。事務局では様々な書類などを作成した。ボラ

ンティアなのだが結構忙しく、毎日充実した時間を過ごした。十日学校も毎年二月に開催され、私はワープロクラブを任された。初歩的な操作を勉強する場なのだが生徒の中に、一歩踏み込んだ専門的な分野を望む人がチラホラ出て来た。級を取りたければ、それなりに教える自信はある。しかし、ここは本格的な教室ではない。クラブの和というものがあるのだ。つくづく教えるという難しさに困惑し、先輩会員に相談した。翌年からワープロクラブは廃止され、代わって英語クラブが誕生した。

婦人会館の加入団体で文集サークルがあることも知った。元来、文筆も読書も大好きな私である。長い間、筆を休めていた心に、書きたいという願望が頭をもたげ始め、抑えられなくなって来た私は入会を申し込んだ。丁度春（平成四年・二十六号）の作品作りに入る時期でテーマは「環境」だった。私は「庭」の題で念願の仲間入りを果たした。会員は私を含めて十人である。この会では年に二回、春と秋に作品を持ち寄り校正を経て冊子にする。随筆なので身近にある出来事を綴るので、題材は限りなくあった。心に残る第一歩を私はこの年に歩き出したのである。

集められた文章を仲間の一人と手分けして、ワープロで打つようになったのは、それからまもなくしてからだった。文章は縦書きで用紙の中央に空白を作らなければならない。四苦八苦しながら頭を悩ませ何とか仕上げ、ページも切り貼りすることを覚えた。

マネキンになる

「俺は熱中出来るものがあればそれでいいんだ」

仕事も生活も安定し出した頃に夫はポロリと洩らした。その言葉を聞き私には思い当たることがある。良くも悪くも、過去に現在に夫は常に何かを追い求めていた。私と出会い、共に生活をするようになった時も、そして私と生涯を歩むと決めた時も、初めて小さな命をその手に抱き父親となった時も、穏やかな生活を営む中でも常にただ一つのものに傾倒していた。

そんな夫の心中を汲もうともせずに、主婦に収まった私は気ままに過ごした。

「お前は俺を恨んでいるだろうな」

二人だけの時間になった時に夫は吐息にも似た声で洩らす。私は答えない。嫌いで連れ添える訳がないじゃない——。意識の中でくだらない質問しないでよ、と反論する反面で、私もまた、

「私と一緒になって後悔してない？」

数年に一度問う。東京でひと旗揚げてやる、そんな男の野望を何の取り柄もない私が、あっけなく翻させてしまった、これは私の引け目。だから数年に一度私は同じ言葉で夫に

問い続けたのだった。夫は夫で私に、恨んでいるのだろうと問うことで、私の愛情を確かめているのかも知れない。まるでお互いの負が、刻の流れの中で絡み合いながら、私達の生活を形成しているかのように……。

子供達も大きくなり手を煩わさなくなったいま、夫は仕事に熱中しているようであった。仕事は一切家に持ち込まず、私が勤めの時は休日の大半を子供達に注いでくれた。

夫の趣味は囲碁である。私は頭を使うことは何でも苦手なので、囲碁もマージャンも分からないのでやらない。夫は実家から義父が使っていた碁盤と碁石を持って来て、パチリパチリと本を片手に楽しむ。この時だけは、唯一の自分の時間に没頭していた。

翌年は長女の高校入試が控えている。今の時代は学歴が優先する。

二人の娘の性格は長女はおっとり型で、次女は何事にもはっきりとした性格に見えたし、二人とも素直な良い娘に育っていた。夫は長女が進学すると決めた時点から、

「高校はX高校以外認めない」

そう断言していた。夫は高校時代〝末は北大か東大か〟と騒がれた秀才だった。結局は諸事情から釧路の海上保安庁に就職した。母親が苦労するのを見兼ねての決断であったのかも知れない。また長男は東京の私立大学を卒業。義妹は上智大学を首席で出て、卒業すると同時に宣教師のアメリカ人と結婚し、世界中を飛び回っていたようである。比べて私

達姉妹弟は平均頭脳で特に私は勉強嫌いだった。

X校以外は認めない、の宣言は子供達に重圧となったようであるが、夫だけのDNAならば容易い関門であったろう。そこに私の血が混じれば……、推して知るべしであるのに。当時の私は夫の言葉の意味を、深く考えるゆとりもなかった。夫は何事にも死力を尽くせ、と教えたかったのではあるまいかと推察される。

昔と違い本人が望んでも、偏差値のお蔭で希望の高校の受験は叶わず、受験出来る高校が決められてしまう。父親の言葉が意識の底にあるのか、長女は首を縦に振らなかった。担任教師も私も困惑を隠せなかった。そこで一歩譲って長女に提案をした。教師が無理ですと言った高校を第一志望に定め、滑り止めに私立高校を選んだ。結果を夫に伝えると、

「何が滑り止めだ！　高校に対して失礼ではないか！」

と叱られた。受けるべき高校を決めはしたが長女には別の悩みがあった。

「試験中、全部書き終えないうちに時間になってしまう」のだそうだ。

よく聞いてみると上から順に答えを書き、次の問いが分かるまで考えている、そうするとその下の問題が簡単でも、書き切る前に時間切れになってしまう、のが得心いかないらしい。

「そんなの分かる所から先に済ませ、次にまた順繰りに分かる問題に取り掛かるのよ。最後は難しい問題を考えていけばいいんじゃないの」

と諭したが、〝石橋を叩いて渡る〟のが長女の性分であることを認識させられ、どうすれば全部書き終えられるか、が問題であった。

「あのさ、塾へ行ってみない？　塾なら頻繁に試験があるかも知れない。何回もやっているうちに慣れて、少しずつ書けるようになるかも知れないし」

天井を見つめ考えていた長女はようやく、うん、と返事をした。塾代を出しても貯金が出来ると計算をした上でのことであった。その週から長女は塾へ通い出した。二か月が経過した頃、帰って来るとニコニコした顔で、

「お母さん、答案用紙全部書けるようになった」

嬉しそうに報告した。私も嬉しかった。けれども喜びに浸る間もなく計算外の事態が起こった。塾には夏季講習など、月々の月謝以外に様々な講習が組み込まれていた。一年で最低四、五回は余分な講習代を支払わなければならない。その額は月に十万円を超える勢いである。私は慌ててしまった。これでは貯金が出来ない。今更食事の質を落としたくもないし塾を止めてとは言えない。幾日も思案した。塾代を捻出する為にパートでもしようか、と探したが都合よく見つかる筈がない。切羽詰まった私はＯＢ会の一人に相談をした。

「冬のギフトだとまとまった金額になる。〝丸北スーパー〟のギフトに入れば近くていいんじゃない」

話がまとまり彼女に連れられマネキン紹介所へ面接に行った。

慣れる為に数回試食販売で店に立った。初めはなかなか「いらっしゃいませ」の言葉が出て来ない。〝オッキー〟で対面の仕事をしていた時は抵抗がなく出ていた。それが職種が変わっただけで変な重圧を感じ声が出ない。数分の後にようやく、いらっしゃいませが口をついて出た途端、肩の荷が下りた。マネキンとしての第一歩は十月。このような事情から始まったのである。当初は冬ギフトだけの予定であった。しかしそのギフトも幕を開けてみると、成和町の他店に変更されていた。憤りを堪えながらバスや電車に揺られ通った。ギフトは畜産のハム全般で、

「毎日の売り上げ目標は明日渡すから」

挨拶を済ませ商品の説明を受けた後で、マネージャーから言われた。私はハイと答えたが、売り上げ目標を掲げられても自信はゼロに近い。ギフト売り場は表玄関を入った所にあり鮮魚は外だった。店内はそう広くないのでギフト売り場も狭かった。畜産売り場に立ち訪れた客の対応をした。今はあまり見られない、三、四キロ前後のベーコンの塊が陳列されている。価格は結構高いのだが、

「このベーコンを贈られたお客様は、開けて驚かれますよ。それに定価から〇〇%引きですのでお得ですし、まず好きな大きさに切れるのが魅力だと思います」

相手の気持ちをくすぐる口上を私なりに述べ、商品の良さとお買い得をアピールする。楽な仕事のように見えるが生身の人間を相手に薦めるのだから、大変なストレスであった。

中には声を掛けられるのを嫌う人もいるし、毎年同じ品を贈る人もいる。そこをいかに口上と誠意でこちらに振り向いて貰えるかは、マネキンの細腕に掛かっていた。他の店ではメーカーごとにマネキンがつく。私の場合は畜産全般なので、とてもラッキーだった。

ある時、大先輩のマネキンが他の部門に入った。人当たりは凄く良いのだがかなりクセがある。その人は私が注文を受けたお客に目の前で声を掛け、ギフト品をひっくり返そうとした。魂胆は見え見えであからさまであった。

「私はこの人が気に入ったから、こちらに決めたのよ。余計なことは言わないで」

はっきりと女性客は返した。私は心の中で喝采した。新米の私を舐めての仕業であろうが、目論見は外れ恥をかいただけである。

〝オッキー〟に勤めていた時もギフトに入ったマネキンが、熾烈な争いを繰り返していた。そういった事実を耳にしていただけに、（あ、こういうことだったんだ。大変な世界に入ってしまったんだ。だけど続ける訳じゃないから……）、その時はそう思った。畜産のマネージャーは、売り上げ目標を寄越す気配がなく、売り場で指示を出すだけになった。また注文を受けた数をバックから幾つも抱えるので、毛細血管がしょっちゅう切れた。台車を使う暇も惜しんで走る。その成果が他の課のマネージャーからもたらされたのは、年末も最終日に近づいた日だった。

食品のマネージャーは気難しい人で、挨拶をしてもニコリともしない。苦虫を噛み潰し

たような顔と態度で私を見下しているようだった。そのマネージャーが、

「いやいや、秋元さんにはやられたな。簡単にひっくり返されてしまった」

売り場にいる私にニコニコ顔で近づいて来ると、そう言ったのである。ギフトの売り上げは一般的には鮮魚、畜産、食品、青果の順が定番の筈。地域的なのかこの店は鮮魚、食品、畜産の順だったらしい。それを私が見事に逆転させてしまったようである。その時を境に彼の私を見る目が一変した。

この店の畜産には、大先輩の香川さんが、専属で入っている。私を畜産に推薦したのは彼女だった。

大晦日前日の仕事が引ける三十分前に店長が、

「お仕事ご苦労様です」

労いの言葉を掛けメロンと書かれた箱を寄越した。店長はどのマネキンにも同じように頭を下げ、メロンを渡して歩いた。生まれて初めてマネキンの仕事に就き、仕事を労われた上にメロンまで頂いたのである。

帰り際に畜産のマネージャーから、来年から中売りもして欲しいと頼まれた。

「私が試食販売をしてもギフトとは違い、売り上げを作ることは出来ないと思うし、お客さんも買ってくれないと思う。それでもいいんですか？」

私には苦い経験があった。成和町は僻地ではないが地元出身や、古くからの顔見知り以

外は他人を寄せつけない傾向が特に強かった。それを知らずに先輩のマネキンから代務を頼まれ、別の店へ出掛け、散々な目に遭い懲りていた。

そんな訳で専属にと依頼されても、快い返事が出来なかったのだ。私の問いにマネージャーは、それでもいいと答えた。正月が明けてから、気持ちを切り替え畜産売り場に立った。やはりお客は素通りし、声を掛けても手を振って通り過ぎる。香川さんは地元出身で顔が広い。お客の方から彼女のそばへ寄っていく。どんな商品も難なく売り切る実力者であり、私との落差は大きい。分かっていても精神的に参った。中にはこの地域の仕事を嫌がるマネキンもいた。毎週仕事に出掛け、落ち込みながら帰る日々が続いた。


半年が過ぎた頃、クラブの所長から言われた。

「秋元さん、春日さんが入院してしまったので復帰出来るまでの間、丸北の畜産に入ってくれない？」

畜産には〝オッキー〟時代の同僚がいる。マネキンの仕事を始めた時に、元職場と同僚がいる店へは行かないと決めていた。私的に仕事がやりにくいからとの意味を含む。

「駄目です。〝オッキー〟で一緒にいた人がいるので行きません」

「あら、ずっとじゃないのよ。大丈夫よ。あまり気にしないでやってみて」

即座に断ったが強気で押され仕方なく受けた。仕事はほぼ毎週あった。ウインナ、ステーキなど種類は様々である。どうやって試食を出したものかと悩む品もあった。元同僚が時々知恵を出してくれた。素直にその知恵を借りて試食を出すと、お客の受けは上々で用意した商品は全て売り切れた。その後、どんな商品が出ても難なく完売した。喜んだのは畜産である。何しろ出す品の全てを売り切ってしまうものだから。

「秋元さん、そのままずっと〝丸北〟でして。店から秋元さんでいいからって連絡が来たので」

所長からの電話。丸北は近いし原付バイクで通える。私は何の躊躇いもなく承諾した。マネキンとして日が浅い中で丸北の畜産の専属になった。

クラブからは三人のマネキンが常時入っていた。ある時から同僚の態度が少しおかしいのに気づいた。私を避けている雰囲気が見え隠れし、それがずっと続いた。考えるまでもなくピンと来た。

「あのねえ、私が春日さんの仕事を奪ったと思っているんじゃない？」

食事の席で思い切って尋ねた。

「うん、そうなんじゃないの」

ニコリともせずに一人が答えた。

「それは違うんだよ。私は嫌だと言って断ったし、春日さんが退院するまでの約束で入ったの。だけど私でいいとマネージャーがクラブに電話したみたい」

「えっ、そうなの。知らなかった」

同僚達は春日さんの話を鵜のみにしていたようだ。


平成五年を迎えた。一月二十九日の夜に長野の母から電話が入った。

「父ちゃんがさっき旅立った。息を引き取ったのは六時七分で、苦しみもなく本当に静かな最後だった。通夜はお前が来てから行えるようにしてあるから。それでお医者さんから父ちゃんの病気を知らされた時に、お前達三人の喪服は作っておいたから、持って来るものは襦袢と足袋くらいでいいからね」

受話器を通して室内の静けさが伝わり、母の声はそれよりも更なる静謐さを湛え耳に届いた。覚悟はしていたものの心中は穏やかではない。

「うん、分かった」

電話の対応が、普段と違うと夫は気づいたのだろう。黙って私を見つめている。

「父ちゃんが死んじゃったぁ」

受話器を置き、誰にともなく振り絞るように叫んだ。叫んだ声に触発されたように父への感情がほとばしり出るが、子供達を前に手放しで泣く訳にはいかない。心を鎮めようと、襦袢の襟をつける作業を始めた。夫は何処かへ連絡をした後で、涙一つ零さない私を奇異に感じたのか、

「お前は凄い女だなあ」

夫の言葉に反論する余裕は私にはなかった。俯いたまま黙々と針を動かした。

「俺の喪服の用意をしておいてくれ」

意外な夫の言葉である。ようやく仕事も軌道に乗り、一番大事な時期に差し掛かっている。幾日も会社を留守にしてはおけない筈なので、私だけで父の許へ行く積りでいた。

父はまるで眠っているように穏やかな死に顔だった。私が小学生の低学年だった頃、幾度か父の布団で一緒に眠った記憶がある。父は眠る時は一糸まとわず床に就くのが習慣であった。その裸の父にすっぽりと抱かれ、しかも隙間一つないように浴衣と掛布団で覆うものだから、温かいが息苦しいなんてもんじゃなかった。

不思議と涙は出なかった。父との別れは前年の晩秋に済ませていたような気がする。

父の病気を知らせてくれたのは姉だった。

「美江子、驚かないで聞いてよ。実は父ちゃんがね」

私が知る限り、父は病院とは無縁の人であった。若い頃に一度歯医者へ行ったきりだと、父から聞いていた。その父が、食べ物が喉を通らなくなって初めて病院へ行き、末期の胃癌であることが判明した。父には胃潰瘍と告げ入院が決まった。病院からの帰りに近くのラーメン屋で母と食べたラーメンが、それは旨かったと父は語ったという。

「慌てて来られても困るの。父ちゃんには知らせてないからね。症状はその都度知らせるから。覚悟だけはしておいて」

私は了解したが、ここ数年、実家へは帰省していない。何とかならないのかと思案した。姉と打ち合わせをしてから、長野へ向かった。着いた翌々日が偶然にも父の手術日だった。いつものように……。いつもの私らしく……。大きく息を吸い込み吐いてから、病室に一歩踏み入れ父の姿を探す。

「お父さん」

私の呼び掛けに父は瞼を開き私の方へ顔を向けた。

「うちの人が仕事で東京へ行くついでに一緒に来たの。夕べ電話したら入院しているって言うじゃない。もうびっくりしちゃって。大丈夫?」

さも驚いたという仕草を装う。

「なに、悪い所を取ってしまえばすぐ退院出来るからな」

「そうなの。驚かさないでよ」

ポツポツと近況の話などをしている最中に、

「ちょっと静かにしろ」

父の声。急にどうしたのかと不思議な面持ちで私はじっと父を見る。父は胸の上で両手を組み穏やかな表情で目をつむる。その時看護婦が病室に入って来た。

「和倉さん、変わりないですか」

「注射打ってくれ」

沁みるような静かな声。

「痛みますか。じゃあ打ちましょうね」

看護婦とのやり取りで、私を叱咤した意味を初めて理解した。喋る私の声は痛みを増長させたに違いない。痛みが引いたのか、父は爪を切ってくれと言った。

翌日、手術室へ入る父を見送った。凡そ五時間と聞いた。母と姉は家で体を休める為に帰った。義兄と弟、そして私が残った。二時間も経ったろうか、看護婦が待合室へ呼びに来た。変だな、まだ二時間しか経っていないのに。誰もが首を傾げつつ手術室入口に向かった。中で医師が待っていた。

「とりあえず開腹しましたが、癌は動脈などの血管を巻き込んで広がっており、切り離せない状況です。このまま閉じた方が良いかと」

「そこを何とか時間が掛かっても取れないものですかね」

食い下がる義兄。弟と私は固唾をのんで医師と義兄のやり取りを聞いていた。

「親族お二人だけ中へ入って状態を見てください。説明しますので。何方が来ますか」

三人は顔を見合わせた。すかさず義兄が私達を促す。

「じゃ、孝太郎君と美江ちゃん、行ってくれ」

「いや、お兄さんが行って、私はいいから。私は北海道で、すぐ来れないから。写真ででも見せてくだされればいいです」

最後の言葉は医師に告げた。親族というだけで両親には何もしてあげてはいない。いつも姉や義兄にお任せしているのに、こんな時だけ娘面したくない。それに適切な判断も出来はしないと思った。

数分が長く感じられる。私は手術室の前で立ち尽くす。厚い扉が開き目頭を拭いながら二人は出て来た。

「美江ちゃん、駄目だわ」

待合室へ向かいながら、義兄が鼻をすすりつつ呻くように吐き出す。癌は血管を巻き込んでいるのが素人の目でも分かったという。義兄が再び、血管を剥がせないかと聞くと、

「取り外すにもこうなっていては手の施しようがないです。少しでも血管を傷つければ、そこで命取りになってしまいます。癒着がひどくて」

臓器を持ち上げようとするが、体ごと揺れる始末でこのまま閉じる、という医師の判断に従う他なかった。義兄は涙ながらに説明してくれた。集中治療室へ移された父に声を掛ける。

「また明日来るからね」

声が届いたのか僅かに頷いた。明日は北海道へ帰らなければならない。夫のお供という名目で上京したのだ。翌日、集中治療室にいる父の許を訪れた。

「お父さん、私、帰るけど元気でね。早く良くなってよ」

「もう悪い所は全部取ってしまったんだから、良くなるさ」

かすかな声で答えてくれた。ぐっと胸が詰まった。

「そうだね。じゃあ私、帰るからね。また来るからね」

それだけ告げ私は急いで集中治療室を出た。マスクを外すのがやっとだった。抑えた激情が一気に溢れ出す。涙がとめどなく流れ、かみ殺したような嗚咽が唇から溢れる。父に聞こえはしないかと唇を噛み締めるのだが、嗚咽は止まらない。生涯で初めて経験する慟哭だった。一歩遅れて出て来た母も姉も私のあまりの激しさに驚き、触発されたように俯きそっと涙を拭う。数分の間、私は激情に身を委ねた。心の底から泣いて、泣いて、泣いて全てを出し切った。涙を拭い白衣を脱ぎ廊下へ出た。その時に、私は父に対する娘としての思いのありったけを捧げたのだと思う。


長女の唯は高校へ入学し、次女の理亜は中学生になった。〝丸北〟は子供達にも入りやすい店で、私の仕事中に時々娘達は顔を出す。

一学期が終わり、長女が通知表を持って来た。秀でて頭が良い訳ではないが努力家なのだろう。通知表の評価を読み〝才女〟という文字に釘づけになったのは親馬鹿としか言いようがない。石橋を叩き過ぎ、最後まで試験の問題を解けないと悩んでいた長女が、高校生になって初めて貰った通知表に記された文字は、長女が努力した証しだと思えた。娘にとって三年間の高校生活は、楽しく終えたに違いない。

冬の日の朝は、道路沿いの川の自然を眺めて歩く。寒くなるに従い川の水が透明な膜を張り始め、次第に凍ってゆく様をこの目で見ながら。厳寒期、厚い氷に阻まれ水面は見えない。時折吹きすさぶ風の音だけが凍《い》てついた川面を渡りゆくだけ。私は白い息を吐きながら仕事場へと向かう。やがて日中の温度が少しずつ緩み季節は春へと向かい出す。凍《しば》れついた川の氷も僅かずつ薄くなっていく頃、マガン（真雁）が一羽何処からともなく現れた。秋遅く渡りはぐれた鳥なのだろうか。それとも仲間と別れこの川をねぐらと定めたのか。春に仲間がやって来ても北へ向かおうとはせず、一羽でいる。一人ぼっちで寂しくないのだろうか。

変化があったのはその翌年だったか。あら、横にもう一羽のマガンが。仲良く泳いでいるではないか。暖かな春の訪れとともに番《つがい》になった二羽は、私の目から見ても幸せ色に染まっていた。水辺に緑が映える頃、五、六羽の幼鳥を引き連れ、ゆったりとした水溜まりで遊ばせている。春先は毎年川沿いの散策路から、今日はいるかしら、などと思いながら、水面を眺めて歩くのが日課となっていた。年が改まる度に数が増えてゆく光景は、心を和ませてくれた。

〝丸北〟での売り上げも順調で商品はほぼ完売した。仕事の回数も増え、畜産の人達とすっかり顔馴染みになった。〝オッキー〟時代の同僚が私を秋ちゃんと呼ぶので、畜産の皆は同じ呼び方をした。また社員が食事でいなくとも肉を切り値付けも出来たので、許可を得て簡単な注文は処理するようになっていた。

「秋ちゃんがいれば安心だ」

畜産からは結構重宝された。大晦日には女性パート達の一年を労い、畜産ではワインや肉、太物、あるいは加工品などが配られた。社員がマネージャーに掛け合い、私に黒毛和牛のステーキをパック詰めし渡してくれた。翌年はすき焼き肉であった。マネキンは専属でも〝丸北〟の一員ではない。パートと待遇が違って当たり前である。

「マネキンだから気にしないで」

断っても、世話になっているから当然だと言ってくれた。

中学生になった次女は小学生の頃から比べると、少し大人しくなったように感じた。小学生の時は、

「お母さん、お母さん」

と、四六時中まとわりついた。私は忙しさにかまけて「後でね」を繰り返し、そのうち「うるさい」とつい口にした。その頃の私は娘達を平等に愛していると思い込んでいた。

その思い込みが次女を無口な娘へと変貌させていった。それを私は自分勝手な解釈で、幼女から少女への成長過程と思い込み次女への配慮を怠ってしまった。親として自分の非

を思い知ったのは、ずっと後年になってからであった。

　次女の通う北中は、以前は荒れた中学校として有名だったが、長女の在籍中は穏やかな中学校であった。それがまた荒れ出していたようだ。教室のガラスが割られ壁の時計は紛失。悪ぶった生徒達は授業を放棄し校内を闊歩し、廊下で輪になって座り騒ぐ。学校側は生徒達を抑え込めずに、警察沙汰になったことも多々あった。やがて保護者会議が開かれ父兄が交替で見回るようになった。私達が交替でいる間は騒ぐ生徒もなく静かなものだった。

　家庭訪問で、次女がぐれた連中の仲間に加わっていた事実を知る。先生曰く、

「それでも理亜さんは皆から人気があって、生徒会の○○委員長に立候補して選ばれたんですよ。普通はあり得ないんですけど」

　初めて明かされた次女の学校生活に愕然とした。夜遊びをする訳でもなく、私が帰ると家にいたので知らずにいた。担任からもたらされた現実に私は反論さえ出来ず唇を噛む。私は一人で悩んだ。

　ある朝、ゴミ出しで玄関へ出た。家と道路の間に排水溝がありブロックで塞がれている。そのブロックの間の空間に何かが立ち、はためいていた。公園沿いに何本も立てられた住宅展示の幟《のぼり》だ。それも二本も無造作に突き刺さっているではないか。近くに軍手が人の顔の輪郭に丸められ、放り込まれていた。まるで何かの報復か見せしめのように。慌てて軍

手を拾い幟は元の場所に戻した。こんな無言の嫌がらせは子供じみていても、何処か不気味であった。

次女の成績は多少のバラツキはあるものの、夫のＤＮＡが色濃く受け継がれ、理数系に強い。特に美術は群を抜いていた。小学一年生の時に、

「理亜ちゃんの絵は一年生が描ける絵ではない」

担任の先生が次女の絵を褒め「手つなぎ」という題で、学習ドリルの表紙に載せてくれた。幼い頃から美術の才に優れていた。

十月に妹が母を連れてやって来た。母は父の元へ嫁いでから、故郷へ里帰りしたのは私がまだ東京にいる頃に、姉夫婦の計らいで墓まいりを兼ねた北海道旅行だけだった。母の故郷は江差である。私には従兄弟に当たる人が在住でそこも訪ねたらしい。

懐かしい故郷を約半世紀ぶりに訪れた母は、両親の墓前を前に何を語ったのだろうか。今回は二度目となる。我が家へも初めて足を踏み入れた。母はしみじみと中を見回した後に、

「結構、綺麗に片づいているわ」

妹が同調するように、うんうんと頷く様子を見て、
ちょっと待ってよ、一体いつの時代の私を連想しているの？――。

母は一緒に暮らした十五歳までの私しか記憶にない。よってあの頃の私のイメージしか

ないのを知り、心の中で呆れた。

次いで母は私に目を移し、

「ああ、良かった。お前が太っていて」

安心したように言った。母との再会は私が東京を離れて以来であった。北海道へ発つ時に「時々、帰って来るからね」と、告げて別れたが、日々の生活に追われ帰省する余裕がなかった。気が付けば十数年が経過していた。その歳月の中で母は私がきちんと食事を取れているか気掛かりだったに違いない。母の脳裏には親戚に預けられ、餓死寸前に痩せ細った姿や、夫が家庭に落ち着くまでの、数年間の私だけが焼き付いていたのだ。

親からすれば幾つになっても子は子である。身近にいない私を母は片時も忘れないでいてくれた。今の生活を目の当たりにして、少しは安心して貰えたのだろうか。

夫は歓迎の積りで休みを利用し近場を案内して歩いた。インディアン水車、恵庭の温泉で大きな赤い鳥居があるキリマンジャロ、芦別のレジャーランドなど、秋たけなわでお天気にも恵まれた一日であった。

次女は二年生の後半になると進学の話題が出るようになった。バトミントン部に所属し強かったらしい。ある高校から部全員に推薦入学の打診があったが、悩んだ末にX高を選ばざるを得なかった。姉が受験の際に「X高以外認めない」と断言した父親の言葉が頭にあったのだろう。

三者懇談で担任は無理だと言った。進学先は姉の時と同様に学校生活の中での評価が最優先される。だが次女は頑として担任の推す高校への進学を拒んだ。

長女の場合は何とかX高を諦めさせ、公立高で折り合いをつけた。だがその手は次女には通用しない。親の私としては次女の意志は尊重してやりたい。考えた末に、

「じゃあ、第一志望はX高にして第二を私立にしよう。いい、理亜、受からなくてもガッカリするんじゃないよ。そんなの人生の中ではよくあることなんだからね。先生、第一志望をX高にお願いします」

担任は難しい顔をしながらも、仕方なく頷いた。家に戻った次女は「勉強する」と、自室へ引き揚げ、三十分で顔を見せた。

「勉強は？」「もう済ませた」

そこでまた提案。

「あのさ、塾へ行かない？　お姉ちゃんも行ったし、結構いいと思うよ。塾も幾つかあるから選べるし」

少しの間を置いて次女は私の提案を受け入れた。申し込みは全て本人がした。同級生の間で評判の塾に申し込んでみたものの、既に満杯で入る余地がなかった。次は教え方の上手い大学生の家庭教師を希望したが、その人も手いっぱいで他の人が先生になった。

女の家庭教師の先生は初めは真面目に通って来た。だが次第にクラブ活動を優先し、連

絡も寄越さずに休むようになり、とうとう来なくなった。あまりに責任感のない家庭教師に呆れた。私の勘では次女の悩みの相手もしている節がある。私はそれでも良かった。それで次女が少しでも前向きになれるのならと思っていた。

「理亜、やっぱり塾にでも行ってみる？」

「それなら増伸会の特別クラスがいい」

増伸会の特別クラスとは試験を受けて、合格しなければ入れないらしい。

「他の人と同じクラスは行かない」

言い出したら聞かないのは承知している。彼女の好きなようにさせた。親の心配をよそに簡単に難関を突破した。

平成八年、北中から十三名の生徒が難関のX高等学校を受験し、全員が合格したので学校は大変な騒ぎになった。

長女も大学進学をめざし私は大忙しだった。私は受験生の親として全ての会場へついて歩いた。唯は一回目の受験に合格した。発表の日は仕事だったがルンルン気分で家に帰った。食事の用意を整えると二階の娘達を呼んだ。夫は既に飲み始めている。下りて来たのは次女だけだった。次女に尋ねても二階にはいないと首を振る。次に夫に尋ねた。

「二階にいるんじゃないのか、さっき俺が帰ったらここに寝転んでラジカセを聞いていたから、お前、今、受験の最中だろうが。何で勉強しないいんだって怒鳴ったら、ぶすっとして二階へ上がっていったぞ」

「そういえば何か凄い勢いで上がって来たと思ったら、下りていったし、玄関のドアの閉まる音がした」

思い出したように次女が言った。外は凍りつくような真冬の寒さである。私は顔から血の気が引いた。次女と手分けをして近場を探したがいない。通路兼用の車庫の上のプレハブも覗いたがいない。この寒空の中、何処へ行ったというのだろう。父親に叱られたショックで、衝動的に飛び出してしまったのか。私はすっかり前後の見境をなくし、

「何かあったら絶対許さないからね！」

夫の顔を凄い形相で睨みつけ叫んだ。オーバーを着て再び外へ飛び出す。

もしかしたら学校かも知れない——。学校を覗いても長女の気配はなく、もう後は思い当たる場所さえなく見当もつかない。不安ばかりが次から次へと湧き上がり、思考はよからぬ方向へと傾くばかりだ。張り裂けんばかりの胸を抱え来た道をとぼとぼと歩く。それでも万に一つの望みを託し、居間を覗いたが姿はない。

「どうだった？」

炬燵に潜って心配そうな顔を向けた次女に聞いてみる。

「何処にもいなかった」

既に遅かったので次女を休ませた。夫の姿は居間にはない。長女がいないというのに探

しもせず、もう布団に潜ってしまったのか。腹が立つ。こうなっては警察に頼むしかないと決心した。その前にもう一度プレハブを確認しようと、階段を上りドアを開ける。中は暗闇が広がり黙視しても定かではない。じっと目を凝らし隅々まで見回す。片隅にある筈のないこんもりとした何かがある。名を呼んだが返事はない。数度呼び掛けた。身動きも返事もないが長女だと確信した。何かをすっぽりと被り息を殺しているようだ。一気に力が抜けた。今までの不安や諸々の思いが嘘のように体中から抜けていく。

「寒いから家の中へ入ろう」

「…………」

「お母さんは唯のことでお父さんとケンカしたんだよ。唯が別れて欲しいと思うなら、お母さんはお父さんと別れてもいいからね」

夫より長女を優先する覚悟を伝え、優しい口調で諭す。

「嫌だ」

間髪を入れず長女の声が返った。

「だってお父さんは怒ったんでしょう？　お母さんは別れてもいい覚悟で、お父さんを怒鳴ったんだよ。唯の方が大事だもの」

「お父さんとお母さんが別れるの、嫌だ」

「そう？　分かった唯のいいようにするから。うちへ入ろう、お母さん寒くて風邪を引いちゃいそう」

待つ間もなく闇を通してかすかな物音が聞こえ、毛布を抱えた長女が戸口に姿を現わした。促す私にしぶしぶとした態度を見せ階段に向かう。雪あかりで仄かに浮かぶ長女の横顔は、寒さのせいか青白い。冷えた体を炬燵で温めながら聞き出した話では、合格の報で緊張していた神経が一気に緩んだ。嬉しくて勉強を始める前に、少しだけ休憩の積りで好きなCDを聴いていた。そんなところへ父親の一喝が落ちたものだから、長女の感情が激しく上昇し、今回の騒動を引き起こしたようだ。何はともあれ一件落着となったものの、さあ困った。

私の放った、衝動的な夫への暴言をどうしたものか、と長女の顔を見つめつつ思いを巡らした。夫には申し訳ないが今回も、このまま素知らぬふりをしようと決めた。


私の通う職場にも様々な出来事が持ち上がり出した。〝丸北〟の畜産ではバイヤー達が売り上げの向上と、売り場を活性化する意味でマネキンの日数を増やした。月に二十日以上増え、夏場、冬場は三十日も仕事に出る。他のマネキンからは羨望の目で見られた。

順風満帆な仕事に影が差し出したのは、新聞やテレビからだった。まず発端は鶏のインフルエンザである。その騒動が忘れ去られる前に、今度は牛がとんでもない病原菌に侵された。いわゆる狂牛病だ。次々と発生する奇病に慌てふためく消費者は、一斉に購入するのを止めてしまった。幾ら安全だと口を酸っぱくなる程説明しても、試食はもとより購入さえしなくなった。

「私はいいんだけど、家の者がねえ」

今まで顧客だった人達が申し訳なさそうな顔をして通り過ぎていく。こうなっては、もうどうしようもない。鶏インフルや狂牛病が原因で売り上げは一気に落ち込み、売り場に立っているのが辛かった。畜産も原因が分かっているだけに、私を叱咤する者はいなかったが針の莚の気分だ。どうすれば売れるのか試行錯誤するも結果が出ない。毎日悩みながら通った。

翌年の秋に念願の増築をした。自分の部屋が欲しいと次女が言い出してから、大分経過したが、それぞれ進学したのを機に準備を進めた。まず夫に許可を得なければならない。

「子供が大きくなったら、俺達だけになるんだぞ。必要ない」

ごもっとも。だけど今、子供達の為に必要なの、子供達が出ていった後は、私のサンルームにするから。夫が、うん、と承諾するまでお願い攻撃を掛けた。根負けした夫は最後に、

「好きにしろ」

という訳で、二社に無料見積りを依頼し一社に絞った。頭金は十か月間決めた額を貯金し、確保した。増築は一階の六畳と洗面所、風呂場の上が屋根になっている部分に決め、

半年後に細長い約九畳の部屋が出来た。窓は西側と南側の三か所に取りつけて貰った。

増築一つとっても許可が下りるまでが大変だった。大工が役所へ提出した図面の中に既存の物置、車庫の上のプレハブを記載してない為に、担当者が臍を曲げてしまった。慌てた大工が役所に幾度掛け合っても埒があかず、最終的に依頼者の私、施工会社の部長、設計事務所の三人で談判に出掛けたが、担当者の上司もそこを指摘しプレハブを撤去し、更に車庫をずらすか、一部を壊すかのいずれかでないと建築確認は出せないと突っぱねた。

話の合間に「満足度は如何でしょうか」などと意味不明の言葉を投げ掛ける。すかさず設計事務所が「満足されていません」。ああ、納得。お役所言葉か。押し問答が続いた後に上司がプレハブの下に屋根がないことに気がつき、プレハブさえ撤去すれば建物とはみなされないので問題はない、とのことで一件落着した。

しかし依頼者側のミスではないにもかかわらず、施工会社は撤去費用を出さなかった。なんだかんだと揉めた末に建築確認が下りたのは翌年の二月である。

真新しい部屋は悩んだ末に長女に使わせた。その処置が次女にはかなり不満だったらしく、机と椅子を新調しても次女は納得してないようだった。

この年にM市の義父が、胆管癌で逝去。義父は二年くらい前から少しずつ認知症を併発し、義母に暴力を振るい始めた。次にはお金がない、お前が盗ったから始まり、食べ物に毒を入れた、俺を殺す気かと言動をエスカレートさせていった。義母はたまらずに夫の会社へ助けの電話を掛ける。夫はその度に義父を説教するのだが、そんな時は義父も正気に戻っているらしく素直だった。いわゆる〝まだらボケ〟である。症状が進んだ義父は〝殺されてはたまらない、こんな所にはいられない〟と、着替えと現金、通帳類を持ち、家を出た。ご丁寧に義母にM駅まで見送らせ「はい、サヨウナラ」と、別れを告げ、東京の長男の所へ向かった。義母は生活もままならない状態に陥り、生活費は夫が面倒を見た。

長男の家に転がり込んだ義父は、二週間後に岡山の次男の許へ行き、半年後に送り返されて来た。この義父は何事にも無頓着で何もしない人である。かつて私達が同居していた時も、孫を抱いてくれたこともなければ、鹿児島在住中に立ち寄った時も、無為に日を送っているだけだった。慣れない土地での生活とそれも一因なのか、私は双子の赤ちゃんを失ってしまった苦い経験があった。

その義父が、年金があるからと子供の家へ転がり込んでみても、迷惑がられるのは当然である。義母は帰宅した義父を黙って受け入れた。

「やっと酒が飲めた。何処でも酒は出してくれなかった」

開口一番に言ったとか。元の鞘に収まったのは良いが、認知症は進み、何かある度に呼び寄せられる夫は夕食後、とんでもない提案を切り出した。

「相談がある」

改まった顔で言う。内容は両親を引き取りたいとのことである。

「親父の奴、おふくろを責めたりして目が離せない。俺だって同居は嫌だから、物置を壊してログハウスでも建てて住まわせる」

突然の話で返す言葉も出ずに言いくるめられてしまった。布団の中で私はあれこれと思索を巡らせた。婦連協に出入りする婦人の中にも様々な事情を抱えた者達が多い。夫に先立たれ年老いた義父母や、両親の世話をする人達が口々に生々しい現実を語り、綺麗ごとでは済まされない危機感を孕んでいた。彼女達の結論は一人で抱え込んではならない、の一言《いちごん》に尽きた。

認知症が進めば義母の手には負えなくなる。義母だって認知症になるかも知れない。もしそうなったら、私だけで義父母の面倒は絶対無理だ。子供達にも協力して貰わなければ。家族全員が一丸となってお互いを支え合わなければ、老人を介護する妻は疲労困憊で潰れてしまうかも。しかも我が家の場合は同時に二人である。下手をすれば家庭崩壊にもなりかねない。そう捉えた時に、この問題は家族全員の問題なのだという思いに行きついた。

それにまだ、仕事はもう少し続けたい。

「あの、夕べの話だけど、私一人では間に合わなくなると思う。子供達にも協力して貰わないとやっていけないと思うので、父さんから子供達に話してくれない？」

「お前から子供達に言えばいいじゃないか」

布団の中で散々考えた結論を夫は簡単に逃れる。

「だって、これは家族全体の問題だよ。こういうことは父親から言うべきだと思うよ」

「もういい！　俺が仕事を辞めて面倒を見る！」

「じゃ家族の生活は誰が見るの？」

「知るか！」

語気も荒く吐き捨て、夫は出ていってしまった。

夫にしてみれば、あまり逆らったことのない私が反論を唱えたものだから、次に続く返答に詰ったのかも知れない。四、五日の間、私達夫婦は言葉を交わさなかった。私はいつもの感覚で食事の用意をし、夫や子供達を送り出してから仕事に出掛けた。

「おい、親父達の面倒は拓郎に見させることにした」

仕事から帰った夫が晴れ晴れとした表情で開口一番に言った。拓郎とは秋元家の長男である。高校を卒業後は東京の大学へ進み就職し、数年後に洋子さんと結婚した。

「拓郎は定年後、今は坊主の修行をしているんだとよ。あいつは一度も親孝行らしいことをしていないから、親孝行するなら今しかないぞって言ってやった。年も年だし生きてもせいぜい二、三年だからなって話したら、分かったって、こっちへ来るとさ」

秋元家の兄姉妹は夫の上に男女五人と、夫の下に妹が一人の七人いた。その全員が何かを決める時は夫の意見を最優先するし、親も夫には素直に従う。大事な物事を決定する時は、理詰めで論じる夫が主導権を握っている。兄姉妹同士の仲は良いようだ。それから半月もしないでM市の実家へ義兄がやって来た。

義兄は温厚な性格の持ち主である。町内の人々とすぐに打ち解け仲良くなった。夫は全てを義兄に任せた。勿論、土地や財産も然り。義兄は年金を東京の妻子に全て送り、こちらでの生活は父親の年金と母親が貯めた金を当てたようだ。私達はそれに関して一切文句はつけなかった。義母は生計を立てる為に衣類の行商を長い間続け、つつましい生活の中から貯金もし、二人の子供を大学へ進学させ卒業するまで仕送りを続けた。

自由を得た義兄はスナックに通い始め、たちまちホステスの間で人気者になった。根は真面目な人である。遊び回る一方で両親の世話はしっかりと見てくれていた。彼は大分前から様々な病を患っていたらしく、実家近くの総合病院で薬を処方して貰い服用していた。医師の見立ては深刻だったが、入院、手術を嫌い逃げ回っていた節がある。

義兄が来てから一年が経過した時に、義父が胆管癌で亡くなった。定年後は、自分の思うがままに生きた九十三年の生涯だった。

義母がケア・マネージャーの世話で、成和町の特養老人ホームに入所した。面倒を見る義兄の体調と、介護の両立を見兼ねての配慮らしかった。

終の住み処に移り平穏な暮らしを営み始めて数年を経た頃から、新たな波乱の幕開けが始まったように思えてならない。それは避けようもなく、子供の成長とともに、私達の年代が直面する出来事なのだろう。しかし、振り返ってみると遭遇するにはあまりにも私達の場合は、凝縮され過ぎではあるまいか。

義兄が倒れM市の病院へ運ばれたと夫の許に知らせが入った。動脈瘤が破裂し昏睡状態にあると言う。夫が駆けつけた時、病室には町内会の人達がいた。この日は近くの温泉へ出掛ける予定だった。義兄はその前に義母の老人ホームに寄ってから温泉で合流する、と言った。遅れて到着した義兄はその足で風呂場に向かい、脱衣場で倒れた。

ベッド上では義兄が様々な器具に取り囲まれ、人工呼吸器が命を繋いでいた。室内にはその音が重苦しく響くのみである。人工呼吸器は家族の要請でしか外せない。

家族が到着したのは翌日の午後だった。妻の洋子さんは元看護婦で、夫も結婚前はある医大で警備員をしていた経験がある。人工呼吸器をつけた患者の状態がどれだけ悲惨なのか、二人とも充分に把握していた。子供等は人工呼吸器の取り外しを涙ながらに同意した。

それからが忙しかった。家に戻った義兄を奥の間に安置した。洋子さんはここで葬儀を済ませ、お骨を持って東京へ戻る予定でいた。告別式当日、義兄の通帳から葬儀費用を下ろしに車で出掛けた。夫は死亡手続きをしに市役所へ。私は郵便局の前で降ろされた。名前が呼ばれ窓口で現金を受け取る寸前に、局員の女性が私の顔を見ながら、

「あら、秋元拓郎さん、確かお亡くなりになりましたよね」

「はい、今日は告別式なのでお寺さんに払うお金が必要なので」

局員は窓口に置いたお金をスッと手元に引き寄せた。家族以外が下ろすには代理人依頼書などの書類が必要であった。幾らお寺さんに払うお金だと主張しても聞き入れて貰えず、葬儀費用は他の方法で用立てた。数日後、義母は私達と同じ住所に戸籍を移した。

誰もいなくなった実家には、生活用品がそのまま残っていたので処分することにした。農業を営む義姉夫婦が手伝うと名乗り出た。不要品は自宅の庭で燃やしてしまうとのこと。米作農家の敷地は広く、納屋には精米機械も備えてあり、農機具が何台も入る大きさであった。処分の前日、公共料金の解約手続きで書類を取りに戻った夫は、そこで義姉夫婦と鉢合わせた。二人は慌てふためいていたと夫は笑った。

全てをトラックに積み終えた後で家の外観を眺めた。次女を産み生活した家は空虚で、もの悲しく私の目に映った。

土地家屋の名義変更は、亡くなった日から三か月が受付期間らしい。大分経ってから夫に聞くと、忙しくて放ってあるとにべも無い。私の好奇心が頭をもたげる。書類を集めるくらいなら私でも出来るかも知れないよ、じゃやっておけ、となった。夫は手続きに必要な事柄が書かれた用紙を家庭裁判所で貰って来た。最初は見慣れない文面を読んでもさっぱり分からない。意味を理解するのに何度も読み返す。読み返すうちに何とか理解出来ていった。

まず親族全員の印鑑証明、住民票、財産放棄の書類、それから義父の履歴を十五歳まで遡る。初めての経験に私は慎重に取り組んだ。幸い全員が快く応じてくれ、書類は一種類を除き他は揃った。期限の二、三日前に私は家庭裁判所へ電話をした。

相続開始を知った日から三か月以内の、三か月以内とは何時かと問い合わせた。電話の男性は「必ずしも亡くなった日とは限らない」と答えた。兄弟が話し合ったのは、お葬式が済んだ日の夜で、お葬式も友引でずれ、二日は確実に過ぎていた。その旨を尋ねると「知った日からですので」「亡くなった日でなくても、分かった日から三か月ですか」「そうです」何度か同じ質問を繰り返し納得して電話を切った。

家庭裁判所の窓口の女性職員が提出した書類をパラパラと見てから、

「日にちが過ぎてますね。手続き出来ませんよ」

こともなげに言う。

「あの、知った日から今日で三か月目なんですが」

「亡くなった日から二日も過ぎているでしょう」

受理されそうもない雰囲気にそれでも食い下がった。

「でも電話で確認した時、男の方が相続を知った日から三か月と仰ったんです。ですから、こうして書類が揃ってから持って来たんです」

「誰が全部揃えろと言いました。まず手続きをして、足りない書類は後から揃えても良いんですよ」

私とのやり取りを楽しんでいるような態度に、私は唖然とした。公の手続きをするには、書類が一式揃った時点でと思い込んでいたのは確かで、法を知らない弱者に対しての落とし穴だった。それならば何故、夫が放棄の手続きを尋ねに行った時、私が電話で確認した時、「手続きだけでも先に済ませておいてください」と教えてくれなかったのだろう。ショックは大きかった。そして対応のあまりの冷たさに私はキレた。

「じゃ、もういいです。別に欲しくてしている訳じゃないので、放っときます」

「それでは困ります」

「じゃ、どうすればいいんですか。手続きは出来ないって言ってるじゃないですか」

「折角こんなに揃っているのに、書類が勿体ないですよ」

「面倒だから止めます。どうでもいいわ、こんなもの」

「ここでは出来ないけど、他では出来ますよ」

押し問答が続いた後で開き直った私に、女性は法務局でも出来ると言った。

憤慨しながらその足で法務局へ向かう。相談窓口の職員は手続きの仕方を教えてくれ、

「よくここまで揃えましたね。後は遺産分割書と亡くなった人の戸籍を遡った謄本があれば手続き出来ます」

先程の窓口の女性とは違い、丁寧で優しい対応が気を静めてくれた。

日が少し経ってから続きを司法書士に依頼した。彼は確実に仕事をしてくれていた。本

籍が青森の為、伝書でのやり取りで時間は掛かるものの、ひと区切りごとに連絡を寄越す。そして予想外な事実が浮かび上がった。

「どうやら姉妹がいますね。三回結婚されて最初の方との間に娘さんが一人おられます。今その人の戸籍を辿っています」

義姉松ヶ枝エイは母と義父の子として昭和三年に生まれた。兄姉達は「いやいや親父もやるもんだ」と驚いたり感心しながらも、話を聞いたことがあったようなとはっきりしない。

義父は幼少の頃に両親を亡くし、残された弟妹の面倒は長男が見た。成人した義父を林檎園の一人娘と結婚させる為に送り出した。いく日か暮らしたが義父は娘が気に入らずに実家へ戻ってしまった。娘の妊娠を親が気づいた時は堕ろせなくなっていた。一時的に籍に入れ、出産後に離婚の手続きを踏んだ。父なし児にするには忍びない親の選択である。

秋元家の長女として産声を上げた義姉は、群馬県に住んでいることが判明。

「本人がどうしても納得されない時は、遺産分割をした査定をしてありますから、それを提示してみてください」

司法書士と交わした内容を夫に伝えたが、私がすることになった。私は頭を抱え、どうやって切り出すか一晩中悩み抜いた。翌日に相手の電話番号を押した。相手は初めは意味が分からなかったらしい。根気よく事情を説明するとようやくのみ込めたようで、

「そうですか、父は生きていたんですね」

感慨深げに呟いた。幼い頃、母親に父親の消息を尋ねても教えてくれず、それでも会いたくて幼心に実家を訪ねてみたが会わせて貰えなかった。それ以来父親はいないものと諦めたと語った。しみじみとした口調に私は喉元が詰まった。

「東京にも横浜にも弟妹がいますが、お知らせしましょうか」

「いいえ、結構です」

私の申し出に、さらりとした答えが返って来た。結構だと断られたが、私は書類を送る手紙の中に弟妹の住所、氏名、電話番号を書き忍ばせた。

全ての手続きが終了した後、北海道の特産を幾つか選び、お礼の手紙を入れまだ見ぬ義姉に送った。後日、葉書が届いた。優しい文字に人柄が染みる文面だった。

二年足らずの間に、私は偶発と偶発とは思えない二つの出来事を経験した。そして、知っている者と知らない者との差を、ハッキリ認識させられた出来事でもあった。

平成十年前後はグループホームが流行り始めた頃で、行政でも手ごろな物件を探していた。外観が頑丈な実家はグループホームの候補に挙げられ、早速市から連絡が来た。が、若干の不具合が見つかり直して欲しいと注文をつけられ夫は断った。その他にも、借りたいと幾つか打診があるも、面倒くさいのか全て断り実家は空き家のまま日が過ぎた。

M市もI市も豪雪地帯で私達が東京にいた頃は、窓から出入りしていると義母が電話で

喋っていた。市の業者が除雪の雪をブルで押した為に、玄関のドアの前についている風戸《ふうど》

（外気や大雪、強い風を防ぐ為のもの）が壊れた。夫は解体を決め、雪が溶けた五月に業者に依頼し土地だけが残った。

平成九年秋、道内の大手銀行が経営破綻した。

その前年の夏、夫の会社の社長宅で恒例の社員を労うバーベキューの催しが開かれた。その時に夫人は私に「体調がすぐれない」と漏らした。私は病院で詳しく診て貰うように勧めた。一か月ぐらいしてから、夫人と〝丸北〟で顔を合わせた時に尋ねると、まだだとの返事に、「早く行って」再び促す。

夫人との出会いはその席でだが、初めて参加した年に夫人は何かと私と子供たちに気を配ってくれた。同年代の夫人にはその時から好感を抱いた。半年くらい経った頃、夫人のお誘いで寿司屋に向かった。通された座敷には夫人と夫君が部長職の二人の奥さんがいた。夫人が奥さん同士の交流を深める為の場を設けたのだ。食事が済み次に案内された店は、あの松浦さんのご主人が一人で経営するパブであった。夫人と松浦氏は中学の同級生だと話した。店名はフランス語で私は覚えられなかった。落ち着いた造りの店内にシャンソンが流れる。客席はカウンターのみで、椅子が十脚程度のこぢんまりした空間だ。

話題の中で、私が子供が学校へ持っていくプルタブを集めているのを知り、晩酌で出る

プルタブを子供が中学を卒業するまでに数度、大きな缶に詰め社長が届けにきてくれた。私が在宅中の早朝に出勤前のラフな格好で届けてくれるのだが、上がるように勧めてもイヤ、イヤと手を振り帰っていった。私の取るに足らない話題に関心を示してくれた、夫人の心憎いばかりの配慮が嬉しかった。交流の場は年に一、二度の割合で続けられた。

私が夫人の入院を知らされたのは、大分後になってからだった。夫人は経理全般を担っていた。これは私の推測だが、夫人は既に診察を受けていたのではないかと思う。長期にわたる闘病と知り、すぐには入院しなかったようだ。会社の経理事務を引き継いだ後に、社長に告げたと聞いた。気丈な女性である。人柄は温厚でしっとりした喋り方をする。病を告げられても、取り乱すことさえなかったのだろう。淡々と己の運命を受け入れたところが夫人らしい。

夏頃から夫は会社の不穏な動きを感じ取っていた。師走に入り私の仕事も忙しくなり始めていたので、気にしながら夫の言葉は頭の隅に紛れ込んでいた。銀行が破綻した十一月は危惧しながらも過ぎ、その年が後僅かに迫ったクリスマス、和久井建設は倒産した。

社員の誰もが突然で、すぐには信じられなかったようだ。給料、ボーナスは例年通り支払われたからである。その日の朝、出社し初めて社長の口から倒産を告げられ、社員に一時金が支給された。夫は幹部職なので給料以外は出ない。

倒産と同時に研究所も管財人の管理となり、受けていた仕事も手を付けられなくなった。

建物は勿論あるもの全てが差し押さえられる。夫はその日のうちに赤外線の機械を実家へ運んだ。機械は改良に改良を加え苦労して使い勝手を良くしたものである。それまで失ったら今後の仕事に支障をきたす、との判断から行動に移した。

研究所だけは残して欲しい、との社長の要望や懇意にしている土木建設の代表からも、

「是非、再建して欲しい。それにかかる費用は幾らでも都合するから」

と力強い言葉が投げ掛けられた。

「あいつの言葉が、どれだけ俺の力になったか分かるか」

どの業者も背を向ける中で受けた熱い言葉は、夫の胸に深く響いた。軌道に乗っていた仕事を再建したいと、誰よりも望んでいたのは夫自身である。日を経ずして夫は再建へ向けての段取りを始めた。社員達には必ず会社を再開させるから待っていてくれ、の言葉に全員が頷いた。目の前に年の暮れが控え弁護士、管財人との話し合いは、正月休みが明けてから開始せざるを得なかった。

想像だにしない重圧が夫の身に掛かっていたのだと思うが、私の前では平静なままの夫であった。のんびりと過ごしてはいるものの、夫の頭の中は再建に向け、超特急で回転しているに違いない。私は余計な口出しは一切しなかった。窮地に追い込まれれば追い込まれた時程、夫は強くなると分かっていたが、家庭を預かる妻としては心の底では本当に大丈夫なのだろうか、チラリと不安が通り過ぎたのも事実だ。

また倒産した時点で管財人は社員の中から二人を募り、内部告発をさせたと聞く。再建に明け暮れる夫は、時々私に進行状況を説明した。

「再開したら手伝ってくれ」

「分かった」

そう返事をする。その時が訪れれば声を掛けてくれると思った。弁護士も管財人も夫の提案を簡単に認めてはくれず、打開策を探りながら進めなければならない。それでも夫の熱意が功を奏したのか、二月から会社を再開する目途が立った。社員も戻って来た。会社は三月初めに営業届を、末に建設業の登録を届け出た。

そして四月、夫人から会いたいと夫に連絡があり二人で札幌の病院へ出掛けた。夫は夫人の好物の握りの特上を持ってゆく。夫人は笑顔で私達を迎えてくれ、お鮨も一つ口に運んでくれた。社長は夫人に寄り添い、一日を過ごすのが日課になったと顔を綻ばせた。

「社長が病気持ちで奥さんまでそうだと分かったら、銀行は冷たいもんだよ。途端に融資をしてくれなくなった。それだと一、二か月しか持たないしね」

手の平を返したような銀行の仕打ちを、表情も変えずに淡々と語った姿が忘れられない。

五月のある朝、次女の高校の担任から連絡が来た。次女がまだ登校していない、との内容に私は戸惑った。その朝は普段より早く家を出たのに。一体どうしたのだろうと、身も細る不安が時間の経過とともに募っていく。結局帰宅したのは八時過ぎだった。次女は登校したものの、講義室で個人勉強をしていたと言い、その日は試験日だったが自分の判断で受けなかったと喋った。

「学校にはきちんと出席すること。無駄な勉強などないのだから自分で判断せずに、学生として学校のカリキュラムを受けること」

流石の夫も父親として次女に説教をした。次女の言い訳の真偽は定かではないが疲れた。

これは何年生の時だったのか。横になって茶の間でテレビを見ていた。三つ編みに編んだ髪の間から、耳に穴を開け、ピアスをつけていたのを発見した時の衝撃。すぐ隣にいる夫に気づかれはしないか、と胸は早鐘を打つ。背中を小突き目で合図をするが、さりげなく髪で隠すだけだった。友達との仲も次第に疎遠になり部活もおろそかになり出す。夏休みに入ったある日、

「明日、海へ友達と行くから。夜中に出ていくので起きて来なくていい」

弁当やおやつは現地で調達するので何もいらないと軽くあしらう。私は茶の間で次女が起きて来るのを待った。やがてガタゴトと音がし、玄関で靴を履く気配がした。

「行くの？」

声を掛け玄関へ出た。いきなり目の中に金髪が飛び込んできた。心臓がドクンと跳ね上がる。次女は金髪に染めた髪を見られたくない為に、起きるな、と執拗に断ったのだ。

「どうしたの、それ。お父さんに見つかったらどうするの」

オロオロとうろたえる私に、

「帰りまでに染め直すから大丈夫だよ」

けんもほろろに取りつく島もない。ビニールのリュックを肩にドアを開けると、暗闇に姿を消した。私は今見た次女の姿を、信じられない思いで見送った。お母さん、お母さんとまとわりついた次女が、どうしてここまで変わってしまったのか理解出来ずに苦しんだ。

この出来事を私は夫にはどうしても言えなかった。だが夫は全てを把握していたと思われる節が一度だけあった。休みの期間中に娘は夕食の用意を買って出た。

「おかずの買い物も私がしたい」

と言うので任せた。前日はカレーだった。その日の夜、次女はカレーラーメンを作り食卓に出した。丼に茹でた麺とその上に温めたカレーをかけただけだった。とても喉を通る状態ではなかったが、私は黙々と口に運んだ。

「理亜、母さんは美味しいと言って食べているが、これが旨いと思うか」

から始まり、最後に、

「中途半端にぐれるな。ぐれるなら徹底してぐれろ。中途半端ならやめろ」

夫特有の理論で次女を直視し、はっきりと諭したのである。

長女が生理不順だということは知っていた。トイレの汚物入れがすぐ満杯になるので、折を見て聞かねばと考えていた矢先に、

「生理がずっと続いているの。将来結婚して子供が産めなかったら困るから、病院に行きたい」

二年間の大学生活を終え、夫の会社へ就職した長女が打ち明けた。悩んだ末の相談なのは口調で分かる。この頃は就職氷河期に突入していて、卒業見込みの学生達は就職難であった。高学歴を有している人間でさえ、就職はままならない時代だった。

私はすぐに行動に移した。仕事柄、様々な人と接する。二十歳の長女が婦人科を受診するのは辛いだろうと思い、一度で済むように腕の良い医者がいる病院を探した。幸い地元で評判の良い医師が見つかった。問診の後にＭＲＩを撮った。検査の結果は卵巣にボッボツが出来ているので様子を見る為、一か月後に来るようにと言われた。

昔、夫が飲み過ぎで血を吐いた時に、保険を書き換えた途端に元気になったことを思い出した。今回もゲンを担いで保険に加入してみようかなどと思う。その前に、私達夫婦が健康の為に飲んでいるプロポリスを飲ませ始めた。飲ませる量が次第に増え、何とかしてやりたいという私の願いはエスカレートしていった。長女は濃くなる液体を文句も言わずに飲み下す日々が続いた。

ある雨の日の帰り道、自転車のタイヤが滑り欄干に衝突した拍子に、足を思い切りぶつ

けてしまったと笑った。やがて足の脛とふくらはぎ辺りがプクプクと、蕁麻疹のように腫れ出し、思わずドキッ。ホルモンのバランスが崩れて来ている為？　それともプロポリスの好転反応が出たのだろうか、などと考えても判断がつかない。

そんな中で次女が「東京の専門学校に行きたい」と言い出す。子が手元から離れる恐ろしさに「北海道以外は駄目」と否定。

「じゃ、何処も受けない」

親の心も知らず、頑なにのたまう。次女は幼い頃から絵の才能に秀でていたので、東京の芸術大学へ進学させてやりたいと常々思っていた。本人が望めば学費は何とかする積りだった。夫も考えは同じで、

「美術学校へ行きたいなら、行ってもいいぞ」

選択を目の前にした時点で次女に告げた。

「卒業したら、どうするの」

「家を出る」

親の監視が届かぬ所へ行くと前から決めていたようだ。次女の思いを知ってもなお、私は手元から離したくはなかった。姉の現状を伝えられない辛さと、次女の希望を叶えてやりたい気持ちが心の奥底でせめぎ合う。次第に私は追い込まれていき、最近騒がれている〝恐怖の大魔王〟が、日本を一瞬にして壊滅してくれたらと願った。

長女が検査結果を聞きに病院へ行くので私も後から行くと、丁度診察室から出て来た。久しぶりに明るい顔をしている。

「組織を調べたら癌じゃなかったって、いつ調べたんだろう。でもブツブツが消えてないから円錐に切るとか言って、もう一度一か月後にＭＲＩを撮って見るって」

意味が分からず、医師の話を聞こうと思った。医師はレントゲン写真を提示し、更に用紙に図を描き事細かに説明をする。

〝長女の体に大変な事態が持ち上がっている〟、それのみが頭の中を独占する一方で、疑問が頭の隅に引っ掛かった。

「これは大変なことですよ、お母さん」

医師は深刻な表情をするが、どうして一か月後のＭＲＩなのだろう？　若いということは一刻の猶予もないのではないか？　今はプロの医師の言葉を信じて任せるしか、私にはないのだ。浮かんだ疑問を私は打ち消した。

パニックに陥っていた私は、冷静な判断が出来ない頭で、様々なことを考えていた。こんな時に長女との思い出が何一つ浮かんでこない。せめて一日でも何か楽しい思いをさせてやりたい。追い詰められた状態であれこれと考えた末に計画を立てた。

秋分の日は、前日から台風が北海道に接近し天候は悪い。大雪山の旭岳へ出掛けると娘達に伝えはしたが、早朝の空模様を見て迷っていた。珍しく次女が早々に起き出して来て、

「行くのか」と聞く。私とのやり取りを聞いていた夫が、

「お前、理亜が早起きして来たなんて珍しいじゃないか。きっと楽しみにしていたのかも知れんぞ」

そう言うので親子三人で出掛けた。旭岳入口からゴンドラに乗り、頂上を目指す。今年の紅葉はあまり良くないという話だったが、眼下に広がる旭岳の紅葉は陽の光を浴び、鮮やかに映えていた。登山道に沿って散策。姿見の池、澄んだ音の鐘、大勢の人々が楽しみながら歩いている。帰りは駅前のラーメン屋でラーメンを食べ帰宅した。

長女の足の脛はますますひどい状態になっていった。寝ている間に無意識に何度も掻くので炎症を起こし、皮膚は無残にも水泡が破れ、熱を持った膿が溜まった。最愛の娘に降りかかった癌という名の恐怖もさることながら、目の前にある現実の惨《むご》たらしさ。痒みに耐える長女のいじらしさを目の当たりにし、胸が押し潰されんばかりの切なさを味わう。痒みを抑えるにはどうしたら良いのか、手繰り寄せられる情報をもとに、効くというものは何でも試してみた。だが一向に快方に向かう気配はない。長女は辛さのあまりプロポリスを飲まないと言い出し、どんなに宥《なだ》めすかしても飲まなくなった。

前回は膣部から組織を採取し調べたが、癌ではなかったらしい。今回は頸管から組織を採取して調べるといい、癌細胞は表面に出るものと筋肉の内側にできるものがあり、手術するか否かはＭＲＩを見た後に決定するようだ。十月中旬、結果は広がってはいないが、

より鮮明に画面に映し出されている。組織の検査は異常ないが、悪性か良性かを調べたいので検体確認をしたいと言う。それには頸管を円錐切除する必要があった。来週は学会で留守にする。その前に手術を済ませておきたいと医師。私は夫に相談してからと答えたが、既に手術日を定めていて、駄目な時は伸ばすという約束で仕方なく入院手続きをした。

夫に報告すると今年中は忙しくて駄目だ、の一点張り。私の説明では納得いかないとごね出し、私が「じゃ、自分で先生の説明を聞けば」と返しても最後は「先生がハッキリ分からないんじゃないのか」などと屁理屈をこねる。泣きながら訴えても「駄目だ」を繰り返し、時間だけが過ぎた。

「病院には来月するように電話をしておけ」

ようやく同意。その間に症状が進んでしまったらと、私は内心穏やかではない。私と夫の間に気まずい沈黙が流れた。追い詰められた私はふと妙案を思いついた。

「じゃ、札幌の病院で診て貰おうか」

「そうしろ」

間髪を容れずに医大の門を潜った。予診を済ませ長女がトイレに立った隙に、私は予診室へ飛び込み地元の病院での診たてを話した。長女が診察室へ入り、少しして私が呼ばれた。机の向こうの医師は私の顔を見てから、病名は何と言っていたか、ステージは？　クラスは？　と問われても聞いていないので返事が出来ない。癌であればどの程度の進行度かが告げられる筈だと。医師の質問のすべてに私は答えられなかった。

「お母さん、では言いますよ。言ってもいいですね」

長女と私の顔を交互に見て医師は返答を待った。もし癌だと告げられたらどうしよう、長女のショックを思うと、ハイ、と素直な返事が喉から出ない。胸は早鐘を打っている。

医師の説明内容は信じ難く、地元病院とは真逆の診たてであった。私は信じられずにMRIをして欲しいと訴えるが、必要ないとハッキリ断言する。それでも懲りずに二度目の診察時にも訴えたが、すげなく却下された。

病名は〝多のう胞卵巣〟で、普通よりも水胞が多いだけと分かった。後は定期的に薬を飲めば治ると知り、この数か月の私の気の狂わんばかりの心痛は、幕を下ろしたのである。

「手術をしなくて良かったですね」

私に投げ掛けられた医師の言葉が、一抹の不安をも消し去ってくれたのである。

平成十一年の正月。長女が着物を着て初詣に行きたいと言うので、帯の結び方が載っている雑誌を書店で買い、湯飲み茶碗を相手に二、三度ふくら雀の練習をした。前日に親友の着つけも頼まれた。本番の前に長女を相手に帯を結んでみた。細い体なので糯袢の上にタオルを何枚も重ねた。上手くいったので自信を持つ。

本番は汗びっしょりで二人に着物を着せた。二人は溢れんばかりの笑顔を残し、揃って初詣へと出掛けていった。後ろ姿を見送りながら、私はやり遂げた充実感と脱力感を味わっていた。

発病

正月も足早に過ぎ次女の受験が始まった。その合間を縫い、教習所へも通い出した。次女が選んだのは保育科で、学校は東京と札幌を合わせ三校だった。

受験は東京から始まった。羽田から妹の会社へ直行し、荷物を預け、池袋へ向かう。私は久しぶりに友に会う約束をしていた。

昔馴染んだ池袋は、想像も出来ない町並みに変容していた。勤めていた和風喫茶はカプセルホテルに変身し、その周りの店も細かく区切られ、ごちゃごちゃしている。見慣れぬ景色に戸惑うばかりだ。それでも当時のままの池袋演芸場、ロサ会館、友達や仕事仲間と入り浸ったパーラー。僅かな数でも健在なのが嬉しい。

待ち合わせの店は一階が果物を扱う店舗で、二階がパーラーになっている。席に座る間もなく懐かしい顔が姿を現した。十数年ぶりに会う彼女は少しも変わらず美しい。私達は過ぎ去った日々を埋めるように喋り続けた。

「うちの旦那が懐かしがって会いたいと言うのよ。それでシャンゼリゼで一杯飲もうという話になっているんだけど、どう?」

話が一段落した頃に友が尋ねた。窓の外は暮色が迫り、チラホラとネオンが灯り出している。シャンゼリゼと聞き、古巣の雰囲気を味わいたい気はしたが、受験生の次女を連れていく訳にはいかない。旦那の優しい面立ちを思い浮かべながら断り、席を立った。

次女がこちらにいる二年間は、妹の所で厄介になる。妹はハキハキした性格で、心の中で大丈夫かなあと思うが、いきなり一人住まいも不安であった。無理矢理頼み込んだのだが、帰りの電車の中で同僚と妹に、次女は延々と説教された。聞いている私もいい気はしない。気まずい思いを抱え、妹の所に泊まった。

次の日は面接を受ける学園までの道程と校舎を探索。一校目は目白にある。次は池袋まで戻り、別の線に乗り換えた。二校目は幼稚園から大学までの一貫校で敷地も広大だ。その中に幼児保育科があった。

位置確認を済ませた後は、次女の要望のままに新宿、渋谷と歩いた。夕方近いせいもあるのだろう。渋谷駅を出た途端に人、人、人の波で溢れている。ハチ公前のスクランブル交差点を渡った。私の時代には見掛けなかったアフリカ系の黒人が、チラシを配り客引きをしていた。心臓は跳ね上がったまま。まるで異世界へ迷い込んだようだ。ビルの中はけたたましい音楽が鳴り響く。祭りで複数のちんどん屋が、一斉に楽器を打ち鳴らしているような凄まじさに辟易とした。

翌日は受験で目白へ向かう。筆記は漢字熟語が主で、学校の試験とは勝手が違ったようで面食らったらしい。レベルの高い学園であることは、名前を聞いた瞬間に分かった。歴史が古く格式の高い学校で有名だった。

午前中に筆記と面接を終え、外で食事を済ませた。父の七回忌で長野へ行くので、夕方近く妹と東京駅で待ち合わせ、新幹線に乗り長野へ。

妹は私と夫の昔の破天荒ぶりを次女にも当てはめる。何かというと「親が親だから」と、私の気持ちを逆なでするような暴言を吐く。子を持つ親になってからは私達も状況に合わせて、それなりに成長し、生活を築いて来た。そこを理解して欲しいと願っても、妹に結婚の経験はない。よってその違いを噛み分けられないのである。妹の言葉に立腹し座を立つことは簡単であるが、そこはグッと抑えた。妹の神経を逆なでするような言葉を吐くことも堪えた。次女を二年間預ける手前、忍耐、我慢である。心の中では不愉快な思いを隠し、七回忌を済ませた。

家へ戻ると夫の元気がない。食欲もなく尋ねると、「ちょっと胃がな」と胃の辺りを抑える。翌日の夜は寝室へ行き、すぐに下りて来た。

「腹が痛いから、明日医者へ行くので保険証を出しておいてくれ」

「何処が痛いの？」

「きっと前に手術した所だと思う」

前の手術とは平成七年に腸閉塞の手術を受けていた。ひどくなければいいなと願う。外での用を済ませ帰宅すると夫から、腸閉塞で内科へ入院したと知らせが入った。慌てて必要な物を用意し病院へ。戻って着替えた途端に「手術するので来て欲しい」との連絡に、タクシーを飛ばして駆けつけた。

外科の担当医の説明では、

「明日から休日に入るので、内科の先生から話を聞き回診に行った。手術は週明けにする予定だったが、触診した時の痛がりようが尋常ではなかったので、気になってもう一度診察してみた。詰まっている場所が休日の間に破れてしまったら大変だと判断し、必要な医師が全て揃っていたので、急遽手術することにした。準備が出来次第、すぐに始める」

大腸癌の疑いがあるらしい。夕方五時半から手術は始まった。途中で内科の医師が経過を説明に来た。

「悪い所は全て綺麗に切れたですよ。詳しいことは後で外科の先生が説明しますから」

手術の終了間際に、担当医が切除した大腸を見せながら、

「残念ですが大腸の進行癌でした」

不気味な色をした三角形の突起物が、いきなり目の中に飛び込んできた。素人目にもはっきりと分かる癌病巣である。

「詰まっていた部分が薄くなり、破れる寸前でした。二年ですね」

告げられても私にはピンと来ない。今まで元気な夫が生きられる命が二年なんて……。

誰が想像出来るだろう。医師の言葉が他人事のように私の前を通り過ぎていった。

私は気づくべきだったのだ。夫が不治の病と告げられた時点で、運命の歯車が動き出していたことに。刻は容赦なく私から女の幸せを奪い始めていた。

二週間後に大部屋へ移った。病状は順調に回復しているように見えたのだが、顔を出すと元気がなく、お腹が入院した時と同じ痛さだと溜息をつく。

二日経った朝の八時過ぎに看護婦から、手術するかも知れないので午前中に来て欲しいと電話が入った。

「小腸が癒着しているので二日前から管を通しているが、開通しません。切って治した方が早く回復するので」

医師の説明を受けた日の午後二時より手術。五時半に終わる。手術は小腸を綺麗に洗浄し、癒着した部分は切り取ってバイパスを通し繋いだ。

二月に入り、私は何かと忙しい日々を送った。毎日夫の病室と家を行き来しながら仕事をし、次女の願書の発送をする。札幌の専門学校の受験日となった。親の特権でついてゆく。結構難しかったようで、盛んに「駄目だ、駄目だ」を連発していた。

特養老人ホームから電話で、義母が入院したと知らせが入った。こんがらがりそうな頭を抱え、病院へ出向き、様子を見てからその足で夫の所へ報告に寄った。夫は義母の定期預金は、解約して普通通帳に入れておけと言う。丸一日掛かり手続きを済ませた。

「定期を解約して普通に入れるだけで、住所変更と改印は何故したんだ」

問い詰められ局の説明で必要だったからと話すが、気に入らないらしい。翌日もグチグチと嫌味を零された。夫の具合も少しずつ快方に向かう。私はまた次女と東京に行かねばならない。夫には医者の了解があるまで退院しては駄目と念を押し、義母のいる病院には事情を説明した。

今回は池袋に宿を取った。このホテルは池袋サンシャインの近くにあり、この辺りがサンシャインに姿を変える前は、高い塀に囲まれた拘置所があった。拘置所は昭和四十六年春に小菅刑務所に移転するまで、警視庁監獄巣鴨支署、巣鴨監獄署、巣鴨刑務所、東京拘置所、巣鴨プリズンなどと名称は改称を繰り返し、接収、呼称、廃庁、併設、移転など七十六年に及ぶ激動の歴史を持っていた。収監された人々に関わる人達は悲喜こもごもの思いを胸に抱き、塀に並行して続くこの小道を、幾たび行き来したのかと考えると感慨深いものはあるが、東池袋に住んでいた頃は過去の歴史に心を馳せる暇《いとま》すらなく、愛する人と紡ぎ始めた暮らしに胸を膨らませ、よく歩いた道でもある。やはり当時の面影は微塵もなく、懐かしさも郷愁も感じ得ないのがうら寂しい。

目白の専門校は二度目の挑戦である。今度は真面目に勉強をしていた。翌々日はもう一校の試験を受ける。息抜きに渋谷、原宿を少し散策。有名な竹下通りにも立ち寄り、長女への土産を買い帰途に就いた。

三月一日X校の卒業式で私も出席した。午後に東京の一校から合格通知書が届く。念願の東京である。翌日授業料を払い込んだ。一歩遅れて他の受験先からも合格通知が届き、自動車の運転免許もつつがなく取得した三月であった。

大腸癌、腸閉塞と立て続けに手術をした夫の体は、外見上は元気でも以前の健康体に戻ることはなかった。三月末の登校日は次女だけを行かせ、四月の入学式に出席した。

風邪を引いたのか夫は熱を三十八度も出した。明け方に汗をかくらしく布団がしっとりと濡れている。毎日布団乾燥機で乾かしながら再発を心配した。夜中に「ウッ、ウッ」と苦しそうな声で目を覚ました。大分前から呼吸が苦しくなり、布団の中で苦労しているとうんざりした様子を見せた。健康の為の散歩に誘い出す。五月の連休に次女が戻り久しぶりに家族が揃う。

義母の具合は良くなっても、自力での咀嚼が回復せず、退院出来なかった。三か月間様子を見たが駄目だった。仕方なくホームの退所手続きを済ませた。

まだ半年にも満たないのに、次女は大分妹をてこずらせているようだ。無理もないなあ、と思いながら妹からの愚痴を聞く。

退院後の夫の一挙一動に反応し、心を振り回される日々が続く。限られた夫の命の刻限を息を潜めながら見つめ、残された後の私達の人生の行く末を案じた。

長女は無職になり、次女はまだ学生でお金が必要だ。焦った。どうしよう。マネキン以外で私にすぐ出来る職業と、これから必要なものは何だろうと考えた。まず手に職をつけ、車の免許も取得しなければならない。

初めはホームヘルパー二級の資格を目指した。これなら私にも出来る。一時は最盛期のヘルパーの講座も下火になり、地元での取得は難しい。札幌の資格講座に通い二級を取得した。夫はCT検査を受け、血液検査で腫瘍マーカーの数値が高いと出た。胸がズキンと痛む。

十月から自動車教習所へ通う。免許を取ると宣言したら、夫に大反対された。ひるまずお願い攻撃をかけ、承諾させた。機械音痴の私は免許を取得する間に、二キロも体重を減らした。自分でも呆れるくらい覚えが悪く、担当教官から皮肉を言われる始末。じっと我慢、我慢の日々を過ごす。まず仮免の車庫出しで脱輪し一回目は撃沈。仮免をし直し、二回目でようやくOKが出た。手稲で受ける本試験の前の模擬試験では百点満点。十二月の後半に手稲で念願のゴールドカードを手にする。

夫は理想が高かった。会社を興す時に私に語った夢は、運営全てを社員達に開示することだった。その為に社印も通帳も社員に預けた。敢えて反対はしなかったが、夫の理想論には無理があるように思えた。何といっても世知辛い現代である。〝意気に感ずる〟なんて諺は昔の話。今どきの若い世代には通用しない。

「俺が死んだらすぐに弁護士に連絡して会社のことは任せてしまえ。子供達には放棄の手続きをさせろ」「ちゃんと覚えておけよ。俺に何かあった時は弁護士に電話しろ」

残された刻の長さを知ってでもいるような口ぶりに、言いようのない不安とやるせなさが私の胸を締めつけてゆく。

期日に引き落とされる手形のお金がないと土木建設から連絡が来たから取り消せ、と夫が電話を寄越した。この土木会社に夫は個人で数百万のお金を貸し、手形は銀行に預けてあった。私は代わりの手形か小切手でも書いて貰ったの？　と尋ねると怒った。銀行で取り消しの手続きをする際に聞いてみた。取り消した手形は失効するので、相手方に新しく手形を切って貰わないと駄目だ、とのことだった。

夫に銀行で聞いた話をすると「そんな筈はないがなあ」と珍しく消極的。そんな時に会社の建物が買い取られ、最終的に賃貸契約を結んだ。

妹からは頻繁に次女との確執の連絡が入った。預けた時の不安が的中してしまう。

「お姉さん、理亜が出ていくって。もう駄目、じゃ出ていけばって言った。一人暮らししても大丈夫じゃないの。出来るって言ってるもん。もう、私切れたよ」

電話の向こうで憤慨している。妹の気性と自分の我を押し通す次女とでは、初めから無理であったのだ。この時も私は長野へ行く予定を立てていた。姉の所へ移った母は、顔を見る度に私を忘れていった。

「はて、誰だっけ?」

去年より症状は進んでいて、もう私を覚えていない。日常会話も全くしなくなった。そんな母を見るのは娘として何故か侘しい。一日に三回声を掛けられたが、最後にやっと「美江子、ちょっと起こして」と言った。

母の状態は要介護四。夜に姉から母をお風呂に入れるようにと促され、一緒に入った。母はパーキンソンを患っている。本人の意志とは関係なく全身がこわばり、大変な作業であったが、私は嬉しかった。これが娘としてやれる最後の親孝行となった。

翌日の夕方に長野新幹線の車中から妹に電話すると、

「唯から電話があって、お兄さん入院したみたい」

部屋探しは次回に回した。病院へは午前十時半に着いた。診断は腸閉塞。次女が札幌で同窓会があると帰って来た。

「パパはもう長くは持たないから、自分のことはしっかりとして、学校だけは何が何でも出ておくように。パパが働ける間は仕送りをしてやるから」

諭され、次女は涙を見せた。夫の状態が数日後に安定したので上京した。何軒も部屋を見て歩き東上線の常盤台に決めた。公園の桜が目の前に見える閑静な住宅街の中にある。電気製品、台所用品、ソファなどの生活用品を買い、契約料を払って羽田に直行した。

一週間で夫が退院。発作や体調の悪さは消えず、退院前日まで色々調べたが分からなかったらしい。体の為に散歩をするように心がけた。夫が〝あれ？　変だな〟と漏らす度に私はドキリとした。

月末近く、またお腹が痛くなって来たと訴えた。夫が体調を壊すと義母も同じく体調を崩す。血の繋がりって不思議だ。人知を超えた何かがあるとしか思えない。夫の仕事も忙しくなり、地方へ出張する日が増えた。帯広でまた夫は体調を崩したが、宿の人が親切で良くしてくれたらしい。

「家へ帰る前の晩はなかなか寝つかれず、何で眠れないのかよく考えたら、お前に会えるので眠れなかったんだと分かった」

若い頃なら喜びそうな歯の浮くような殺し文句を私に聞かせる。本当は心細かったのかも知れない。調子が悪くても夫は仕事に行き度々出張もした。食事もますます細くなった。

七月の中頃、所属する紹介所で留萌の方へサクランボ狩りに行く。夫の勧めで出掛けた。増毛辺りでウニと活ヒラメを買って帰ると喜び、夫の要望で厚めに切ったヒラメの刺身を旨い、旨いと食べてくれた。再び入院。八月に入り手術をする。小腸の癒着・大腸のポリープを取り除く。六時間半の手術だった。後日の病理検査の結果、腹膜に癌が見つかった。末に退院したが休養も出来ずに出掛けていく毎日。見ているのが辛い。

次女が就職せずに専攻科へ進みたいと連絡があった。一年の専攻科を受けると就職に有利らしい。説明会に上京し、先生と面談し次女の希望通りにした。

夫はマッサージに通うようになった。右腕の肩甲骨の辺りが強く張ると、肺の辺りが苦しくなり呼吸が出来なくなるらしい。そのうちに発作は頻繁に起きるようになった。楽になりたくてお灸や湿布など、思いつくことを色々試して来たが効き目がなく、

「もう嫌になった」

珍しく弱音を吐く。夫の様子を見て他の病気かも知れないと、家にある医学書で似たような症状を探すと狭心症の症状に似ているので、循環器か内科で診て貰うよう勧めた。

「お前まで倒れたら大変だしな」

内科へ行く決心をしてくれた。医師はすぐに循環器内科に連絡を取る。

「よくこんなになるまで我慢していたね。下手したら命にかかわるよ」

心電図を診て医師は驚いたらしい。携帯用の心電計を体につけて帰宅。発作が起こるとニトログリセリンを舌下に含む。それも続けて二度しか飲めず、一晩に何度も発作に見舞われた。医師は入院を勧めるが仕事が忙しくて入院出来ず、強い薬を七種類も服用。今度は副作用に襲われる。特に頭痛がひどいらしいが、納期に間に合わせなければならず、夫は両方のストレスで眠れなくなっていった。正月休みに入っても会社へ出掛けていく。夫の体はとっくに限界を超え、悲鳴を上げ始めていた。

年が明けた平成十三年、正月に次女が帰省し久しぶりに一家揃って夕食を取った。午前

中に義母の許へ行こうと思い、出掛ける用意をしていた時に妹から電話が入った。母が亡くなったという知らせに、私は思わず「うそ！」と叫んだ。塩分が足りず入院しているが、大分良くなったと聞いたばかりだ。その母が夜中に急変し誰も間に合わなかった。

夫も側で私のやり取りを聞いていたが、体調が思わしくないので行くとは言わない。私も今の状態では長旅には耐えられないだろうと踏んでいた。長野の姉が電話で、

「パパの調子も良くないいんだから、無理に来なくてもいいよ」

と気遣う。気持ちは有り難いが、私は少しだけ悔やんでいた。冬の初めに同窓会の通知が届いていたものの、夫の体調が気になり欠席の葉書を出した。時として運命は残酷な仕打ちを与えるものだ。そんなことを考えながら私は突然青くなった。八日に次女が成人式を迎える。着つけは私がするので、何処へも予約は入れてない。心の中で焦った。その時、文集サークルの仲間の顔がふと浮かんだ。

「うちは男の子ばかりなので、着物を着せたくてもしてあげられないのが寂しい」

そんな愚痴をポロリと漏らしていたことを思い出した。彼女は快く引き受けてくれ、安心して家を出た。

奥の座敷に母は眠っていた。姉が母の唇に紅をさした。

夜更けから強い風が吹きすさび、外は父が迎えにでも来たような一面の雪景色。

『何、いつまでもいるんだや。早く来たい』痺れを切らした父が、迎えに来ているような

錯覚を起こさせる朝の大雪だった。翌日の午後、小柄な母が更に小さなお骨となって帰って来た。

父の許に嫁いだばかりに波乱万丈な人生を歩んだ母。

「面白い人生だったよ」姉から聞いた母の言葉。どんな苦難にも負けずに生きた母らしい一言は、私の胸に今も留まっている。その潔い八十五年の生涯を娘として書いてみたい。あゝ、面白かった――。己の人生を振り返った時、私に断言できる日が訪れるのだろうか。

数日後に夫は狭心症の検査と治療で入院した。約一時間半の治療で、冠動脈に太いカテーテルを入れ狭い部分を膨らませる〝軽度的冠動脈形成術〟という、術式であった。術後は数時間すると、カテーテルを入れる為の導管（イントロ・デューサー・シース）は取れるが、翌朝まで右足は動かせず足首をベルトでベッドに固定して貰う。三日後に退院。以来発作は収まったが安心する反面、就寝中に夫が不自然な仕草をすると、身についた反動が蘇るのか私は身構えるようになった。

夫は狭心症の手術以来、何かに憑かれたように仕事に打ち込んでいる。ストレス、疲れ、食欲不振、不眠が続き体もだるいらしく、体重も目に見えて落ちまた痩せた。定期検診で精密検査を勧められても首をふり、数日後のＣＴ検査でまだ入院出来ないと断ったら、医師が怒り、入院予約を書き出したと苦笑いをしていた。

入院までの数日、夫は全力を尽くして受けた仕事をこなす日々を送った。その間に函館、深川などへも出掛け、朝方帰宅し着替えるとまた仕事に行く。側にいる私も心配で寝てもいられず睡眠不足に陥った。

夫の入院までの仕事に対する情熱と執念には、何処か鬼気迫るものがあった。具合が悪いのにほとんど睡眠も取らず、仕事に打ち込む姿を目の当たりにして切なかった。依頼された仕事への責任感、ただそれだけに心血を注ぐ。並大抵ではない精神力を兼ね備えていた。こんな凄い男性が私の夫だと、この時はまだ気づきもしなかった。

ようやく仕事が一段落したのか、三月末に入院をした。それでもベッドの上で仕事を続けているかと思えば、仕事着に着替え現場へ出掛ける。初めはうるさかった医師も看護婦も、無駄だと悟ったのか黙認するようになった。何とかしてやりたいと思っても気持ちだけで何もしてやれない私。力のない自分が情けない。

朝、新聞を届けに行くとベッドが空っぽで夫の気配がない。窓際の棚になっている所に新聞を置く。隣にメモホルダーが置いてあった。夫がメモ代わりに使っている用紙だ。何気なく手に取り裏返して見た。びっしりと書かれた文字を目で追ううちに、顔から血の気が引くのが分かった。体の不調を綴った内容には、〝耐え難い痛みが襲う、様々な痛み止めを使用するが、それも段々効かなくなっていく。俺ももうこれまでか〟などとモルヒネの名前が幾つか挙げられ、効果が続かない過程が綴られていた。ドキドキと心臓が口から飛び出しそうな勢いで脈打った。文面を正視しきれず、慌ててホルダーを裏返し、病室を飛び出した。

知らなかった。あんなに我慢強い夫が、耐え難い痛みに苦しめられていたなんて。私にはそぶりの一つも見せたことはなかった。私はどうしていいのか分からなかった。

病室にいても夫は常に前向きで、病院を「○○ホテル」と呼ぶ。疲れたらすぐに眠れるし、いざという時は医者もいるので安心だと。夫の見せる一喜一憂に私は鋭く反応し翻弄される。少しでも楽になればと、デンシチ入りのプロポリスを求め、持ってゆく。一本を夫は一週間で飲み終える。私は黙って次を用意した。

四月にプロポリスの全国大会が東京であり招待された。行って来いと勧められ、参加した。

夫の体調は日々変わり、回復の兆しは一向に見えない。背中、お腹が痛む。頻繁に下痢や便秘になり下剤を飲む、の繰り返しが続く。それらの葛藤の中にあってもなお、夫は戦っていた。

今回は内科に入院していた。外科で手術を受けてからこれまで、様々なことがあった。夫が痛みやだるさを訴えても他の科には回してくれない。狭心症だって外科では見つけられなかったのだから。次第に夫が外科の医師を信頼しなくなったのは、当然の成り行きである。

病院側は患者をどう思っているのだろうか。患者の命を救う為には、どの科とも綿密に連携を取り合ってこその病院ではないか、と私は思うのだが。そんな訳で夫は頑として外科に移るのを拒否した。手術するのなら他の病院を紹介してくれと、内科の医師に訴えたのである。

ＭＲＩ検査の結果、また大腸にポリープが見つかった。以前に取り除いた筈だったのに。四月の終わり頃、内科から内密に話があると告げられた。ああ、やっぱり大腸癌なのかと、ガックリしてしまった。

「ご主人の病気は、よくご存じですよね」

分かってると告げるが、本当に私が夫の病気を認識しているのか、と再度尋ねられた。私は告知をされた日に子供達に話したことと、夫が不信を持ち始めた時点で、術後に直接夫に告げて欲しいと懇願するも、悪い所は取り除いたので告知する必要はないと医師に拒否されたこと。外科に対し根強い不信感を抱いているのは医師の見立てと、自分の体調が極端に食い違い過ぎるからに他ならない等々、今までの不満を全てぶつけた。

毎日朝から晩まで、寝ても覚めても夫のことを考える。どうしたら良いのか、どうしたら良いのか……それればかり。

ある日、義母の許へ清拭用の布を届けに車で出掛けた。たまたま付けていたＦＭラジオから、生産的学習の場「快適生活塾」の受講生を募るという、アナウンサーの声が聞こえた。内容は高齢者の社会参画と、将来的には起業家の輩出を目指すというもので、講座は「ラジオ番組制作教室」「私流おそば作り」「若さを保つ健康学・介護教室」「自分史」の四つであった。

ラジオ番組制作……に私はひどく興味をそそられた。おそばや自分史などは常時募集の対象にはなるが、ラジオ云々は初耳である。どんなことを学ぶのか、が気になって仕方がない。病を抱えた夫や義母で悩む日々の明け暮れに、ほんの少しでも逃げ込める場が欲しかった。

五月に開講式が行われ週一回の講座が始まる。主催者は空知野産業クラスター『ヒューマンランド21』で、ラジオ講座の塾頭は立脇治彦という人だった。内容はラジオの媒体性から講義が始まり、次第に核心へと進められていく。ラジオについてのひと通りを学ぶと、いよいよ番組制作、Qシート作成、発声、発音のレッスンが始まる。次いで実際にマイクの前で話をする練習もした。二か月に亘る講座は初めてづくしで刺激のある内容だった。

卒塾の後は立脇さんの番組にアシスタントとして、第一期生十一人がマイクの前に交替で座り、与えられたテーマについて解説したり、パーソナリティー（DJ）の話し相手をしながら少しずつ生放送に慣れていった。私は私でマイクに向かっている間はそれのみに没頭するので、終了後はやり遂げた高揚感に束の間満たされ、気持ちを新たに切り替えられた。

六月の半ば過ぎに、外科の担当医から告知するので来て欲しいと連絡が入った。医師がどんな説明の仕方をするにせよ、夫がどんな受け止め方をするにせよ、私も覚悟をしなければならない。隠していた事実をどう受け止めるかは夫次第だが、私が今まで苦しみ悩んで来たことを夫は理解してくれるのだろうか?

話し合う前に内科に呼ばれた。

「外科の先生の話は今までマスクをかぶっていたかも知れない。先生の話をよく聞いて、聞くべきことはきちんと聞き、これからの諸々の事柄に対処出来るようにした方が良いと思う。また突発的に具合が悪くなった時等は、やはりここの方が何かと対応出来るから、先生とよく話し合われた方が良いと思います。僕も同席しますので、わだかまりを残さないようにしてください。お互いのフォローは僕がしますので」と言ってくれた。

「聞きたいことは納得するまでよく聞いた方がいいですよ」

看護婦長も助言する。

診察室には、既に内科医、外科の担当医が待っていた。私達は椅子に座り横に看護婦長が立つ。担当医は言葉を選ぶようにゆっくりと説明を始めた。最初に手術時の状況を図で示しバイパスをどのように繋いだか、二度目の手術はどのように行ったか等を事細かに話す。腸閉塞も小腸の癒着状態や手術方法、大腸のポリープの切除等にも触れる。説明の合間に夫が疑問を投げ掛けると、その疑問に対して丁寧に説明する。自分の心にある疑問の全てを尋ねたのか、夫は納得したようだ。

「いずれ手術をすることになるのかも知れないが、とりあえず今は様子を見ながらということで。なるべく今月中に仕事の方は段取りをつけて貰い、それから考えてみましょう」

私は夫の顔を見ることが出来なかった。横に寄り添い、俯きながら廊下を歩く。

「馬鹿だな。癌なら癌だとハッキリ言えばいいのに。俺は癌なんてちっとも怖くはないんだぞ。そんなことでびっくりする訳ないだろう」

優しくコツンと軽くおでこを弾く。

「お前が車の免許やヘルパーの資格を取ったことの意味がようやく分かった」

歩調を合わせながら夫が言う。落ち着いた口調に、私の中から今までの重圧が一気に霧散していった。夫の心中を推し量ることは出来ないが、その夜の夫はどんな想いで刻をやり過ごしたのだろう。今考えても切なさでいたたまれない気持ちになる。

外科に移った時点で、夫は病院食を絶った。

「人間食わないでいつまで生きられるものか、俺は挑戦してみるんだ」

どんな時も自分を見失わない意志の強さを示す。私への要望は夫の好きな食べ物を柔らかく煮込む、あるいはスープにして持って来てくれだった。胃や腸に負担のある固形物は一切口にしない。果実は自販機のペットボトルで味わう。ただ味覚を楽しみながら時間をかけて飲み下す。そんな時の穏やかな夫の表情を見るのが私は好きだ。けれど同室の患者が食事を口に運ぶ様子を、瞬きもせずに見つめている姿を私は直視出来なかった。

告知後から夫は様々な事柄を自分に課していた。体を調整しながら病室で動いている。あれ以来、何故か私は家に帰るのが嫌で仕方がない。その日も遅く帰宅すると、病院から医師の話を聞くようにと娘からの伝言が机上にあった。だが担当医は既にいなく女医からCTを見せられた。三月と数日前のCTを比べても、その違いが私でもはっきりと確認出来た。黒い滲みのようなポツポツが肝臓全体に広がっている。

「放っておくとどうなるのでしょうか」

「このままだと肝硬変に進み、半年くらいで黄疸が出て、やがて出血などの症状が表れて来ます」

女医は画面を見ながら症状の経過を説明し、明日は夫を外科病棟へ移すと言った。これ以上は隠し事をするのも嫌なので、先生の方から夫に伝えて欲しい旨を伝え、病室へ戻った。

「癌だったか。幾つ出来ているって」

待ちかねたかのように急かす。流石に事実を口に出来ずに手術のしこりが、らしいなどと濁したのが裏目に出た。今日中に女医が夫に伝えるであろうと、私は信じて疑わなかったからだ。

翌朝病室へ行くと既に持ち物はまとめてあった。外科病室に移り落ち着いたところで、

「昨日、先生に全て聞いた」

昨夜の私の返答に不信を募らせた夫は、私が病室を出た直後に医師の許を訪れたようだ。

「先生に話してくれるようにお願いしといたから」

「いつも先生に話してあると言うが、何も言って来ないじゃないか。俺が先生に聞きに行って全部話して貰ったんだ。もうお前の言うことは信用しない」

静かだが私を寄せつけない声音を帯びた夫の言葉に、全身が凍りついた。出来るならば、昨日の女医とのやり取りを映像で見て欲しかった。返す言葉もなく私は夫を見つめ続ける。嘘じゃない！　と声を大にして叫びたかった。

癌は確実に夫の体を蝕んでいった。夫の体調を気遣いながら励ましの声を掛けると、

「そんな無駄な気休めを言うな」

冷ややかな返事が戻った。その時を境に、私は夫と日常会話を交わせない状態に陥った。私がどんな言葉を掛けようが夫は全て負に受け止めてしまう。心の中では夫を理解出来ても、現実には解決策が見当たらない。私は張り詰めた気持ちを抱え疲労は蓄積し、口数も少なくなり次第に笑顔も消えていった。そんな私に、夫は一枚の走り書きを手渡して寄越し、

「家に帰ってから読んでくれ。それに病室で暗い顔をするな。演技でもいいから明るい笑顔で来るんだぞ」

と、発破を掛ける。文面は私の不安な心中を見透かした様子が綴られていた。今更私に明るい演技なぞ出来る訳もないのに。翌日から私は病室の前で深呼吸をし、努めて明るく振る舞う努力をした。

病気がさせるのか私の言葉尻を捉えては、棘のある嫌味をぶつけるようになった。私に話すことは、全て社員の行く末を案じる内容ばかり。そして私はその度に思う。

残される私達家族の心配はしてくれないの？——遣る瀬ない不満が溜まる。

担当医が夫に手術はしないで様子を見ると言ったそうだ。

「死の宣告を受けたのに、ピンと来ないんだよな」

余命を宣告されてもなお、挑戦する姿勢を崩すことはなかった。

腸はほとんど機能せず、医師は残された日々を快適に過ごせるようにと、胃壁に穴を開け、チューブを通し、老廃物を出せる手術を施した。これで鼻からのチューブが外された。

「なんでも好きなものを食べていいからね」

医師も看護婦も勧める。胃に溜まった老廃物は注射器の形をした大きな器具で吸い出す。夫は私に処理するように命じた。これで柔らかめの食べ物を摂取出来るようになり、私は毎日注文の料理を形を崩さないように、細心の注意を払いながら作り運んだ。

ある日、話をしている最中に手で私を制し、点滴台を押してトイレへ向かう。何事が起きたのかと慌てて後に続く。トイレに入るや手洗い場で体を屈めたと思うと、勢いよく吐き出した。見ている私が驚く程の量が滝のように流れ落ちていく。どうしてやることも出来ずにオロオロしながら、慌てて病室へタオルを取りに走る。それくらいしか私には出来なかった。

「こんなにひどくなるとは思ってもいなかっただろう。今更慌てても遅いんだ。俺がこんなに苦しんでいるのに。働け、働けとこき使って……ま、やれることだけは、やってやるから……」

社員や他人に聞かれたくない愚痴が口をついて出た。体調の良い時と悪い時の差が出て来て、日毎に間隔が短くなった。苦しみは痛みだけではなく吐き気もひどいようだ。

夫は告知を受けた時点で会社を清算する決心をした。当初は八月と目算していたが、体調の変化が著しいと判断したのか、最終的には七月末と一か月早めた。数か月ぶりに家へ立ち寄る。ソファに座りしみじみと部屋の中を愛おしむように見回す。まるで最後の見納めとでもいうかのように。その仕草に胸がはり裂けるようだ。

会社を清算する為の書類作成は事務員に指示したが、七月に入り、出来ないと断りに来た。慌てた夫は書類を病室で教えながら作成させる。それに並行し、仕事の依頼は全て断り、売れる物品や書物は売却し、後は焼却処分させた。

この頃から、夫は度々〝憂いのないように〟と口にするようになった。

「俺が何を言っても取り合うなよ。それは自分ではないし本心ではないからな」

何を意味しているのか分からなかったが、最近の夫は二十四時間痛み止めを血管から注入していた。麻酔薬もモルヒネよりも強いものに変わっていった。若い頃に東邦医大の警備員をしていた時に得た知識で、薬剤には強かった。モルヒネの作用が幻覚を伴うことも熟知していた。それはある日予測なく現れた。いつものように普通に会話をしていた時に、突然夫が豹変したのである。それはごく自然に移行したものだから私は面食らってしまい、夫の口から飛び出す罵詈雑言をまともに受け止めた。

「病室に入って来た時から、やること成すこと、癇に障り殺してやりたい。俺が早く死ねばいいと思っているのは分かっているんだ」

「お前の仕打ちはいちいち突き刺さることばかりだ。演技でもいいから、良妻になれと言っただろう。駄目だと分かっていても医者だって看護婦だって、もう死ぬんだから無駄だよ、なんて誰も言わない。駄目と分かっていても頑張ってねとか、色々お前とは違った声を掛けているだろう」

私を睨む夫の眼差しも凄味があり、これでもか、これでもかと憎悪を剥き出しに責められ、私の神経はもう収拾がつかない状態に追い込まれていった。私に対しそんな思いを抱いていたのかと、絶望する内容に驚愕し返す言葉を失う。

「馬鹿だな。俺の言ったことは取り合うなと言っただろう」

蒼白で顔色を失い立ち尽くす私に、沈黙の後に穏やかさを取り戻した夫が諭すように言い、普段の夫に戻っている。夫が正気に返るまでの僅かな刻は、例えれば嵐の前の静けさに似ていた。我に返った私だが、ぶつけられた憎悪の数々を拭い去るにはあまりにも衝撃的過ぎて、すぐには拭いきれそうもない。重い気分を引きずり病院を後にした。

夫の日々の変化が激しさを増し、私は仕事が手につかなくなっていった。告知を受けてから夫は週末が近づくと、

「今度は何処へ行くんだ」

と必ず聞く。それには深い意味が潜まれている。夫は私が仕事に就いていることで、自分の命の加減を量っているのではないか、そう思えたので休む訳にはいかなかった。この頃には、私の心労も限界に達していた。夫の胸中を考えると辛いが、休暇願を出した。

会社の残務整理は頻度を増し、事務員は毎朝夫の指示を仰いでから会社へ行く。

「こまめに来てくれ」

夫の要望で朝は朝刊を手に、午後は一服吸う時間に合わせ、指定する時刻に病室へ向かう。私が出向くとその日の様々な出来事を話して聞かせ、また看護婦の手を煩わせない配慮を怠らなかった。もう夫は自力で体力を維持出来ず体は憔悴しきっていた。歩くことも困難になり車椅子を使うようになった。私が顔を出すと煙草をポケットに忍ばせ、いそいそと立ち上がる。喫煙所で一本吸うと、玄関から駐車場近辺を散策しながら外の景色を楽しむ。草むらに咲く名も知らぬ草花をじっと見つめ、しみじみと呟く。

「なんて綺麗なんだ」

感嘆の声を上げた夫の横顔は、やがて訪れるであろうその時が遠くないことを私に予感させる。夫の背に隠れ悟られないように忍び泣いた。家にある図鑑で調べた。花の名はヒメジョオンといった。

通帳の残高は皆で話し合い、分配額を決めろと、事務員に指示を出した。夫が脳裏に描いた夢は〝会社の運営は全て開示し全員で経営する〟。現代に於いてあまりにも飛躍した理想論であった。夫の夢は叶わず夢のままで潰えようとしていた
家族や我が身よりも、社員の行く末を案じ、心を痛めた夫。夫の心情を慮《おもんぱか》るには社員達は若過ぎた。しばらくして夫は会社の実印、通帳の類いは自分で保管するようになった。それが困難になると私に預け、清算に必要な書類は私が読み聞かせてから判を押し、大学ノートに書類の写しを記載させた。

「俺が死んだら骨は海に流してくれ。俺の痕跡は一切残すな。これは俺の遺言だからな」

海が好きなのは分かるが、夫の言葉に少なからず反感を覚える。

「じゃ、私はどうするの」

夫のいないお墓に入れと言うのか、そんな思いを込めて聞くが、それに対しての返事はなかった。

「贅沢さえしなければ俺の年金で生活出来るだろうから、しっかり生きていけよ」

数日後に、家族の行く末を案じる言葉がやっと聞けた。

四十度もの熱を夫は度々出すようになり、悪化の一途を辿っていった。

義妹が、私と共同で事業をしたいと夫に提案したらしい。夫は即座に断ったと私に告げた。庭の紫陽花が綺麗に咲いた。慰めになればと淡いピンクと水色を選び、病室のテレビ台の横に飾った。

記憶も頻繁に飛ぶようになり、ベッドから起き上がれなくなった。起こしてくれと言われ、背中に手を回し起こすが、反動で体が前のめりになる。あまりの軽さに驚愕した。それでも事務処理はしなくてはならず、意識のない時でも私は耳元で用件を伝え、「押すからね」と声を掛けてから判を押し、ノートに書き込む。

お腹の辺りが苦しいのか、無意識に管を留めてあるテープを剥がそうとする。手を押さえても止めない。ひどい苦しみようなのでブザーを押した。

「勝手なことをして……」

幾度も弱々しい声で私を責めた。痛み止めを打って貰う。

医師が個室へと説得しても断固として断る。個室に移る、という意味を夫は承知していた。ある朝、病室へ顔を出すと夫のベッドが空だった。医師が強引に個室へ移したと言う。

七月二十五日だった。

個室に移された夫は悟ったのか何も喋らない。夫の全てが限界に達していた。もう体温調節は自力で出来ない程弱り、朦朧とする時間が増えた。それでもしっかりしている時は、「かなり重症だなあ」「まだ死ねない」などと他人事のように呟きながら、自らを量っているようだ。付き添う私は、今にも逝ってしまいそうな夫の気配に不安だけが募る。

三日目の夕方に顔を出すと、今までにない元気な感じで気分が良いと言い、

「こんな時に義兄や兄貴が来てくれたらいいんだけどな。義兄に電話して、話があるから来れないか聞いてくれ」

気のせいか、顔色も凄く良く、上機嫌。その夜から私は病室に泊まり込んだ。

翌日の午後、長野から姉夫婦が来てくれた。夫は自分亡き後の私達のことを、小さくもはっきりとした声で頼んだ。その言葉が話す最後となった。目を覚ますことはなくなるが、瞳は大きく見開いたまま。瞼が閉じようとするのを無意識に見開く動作を繰り返す。瀕死状態なのに気力だけは失わずにいる。何としてもこの七月をやり過ごし、八月に入らなければ提出した書類は生きてこない。夫が最後に手掛けた〝憂いを残さない〟〝塵《ちり》一つ残さず〟は、夫自身の生存に掛かっていた。

自分を励ます「ヨシッ、ヨシッ」の声も聞こえない。両手を目の上に持ち上げて拳を握る動作もしなくなり、それでもただひたすら、この世に留まる為の努力を続けてくれている。夫だからこそ出来る気迫と執念の何物でもなかった。

「あなた、八月も頑張ると言ったじゃない。まだ七月だから頑張って！」

横たわる夫に私は鞭打つ言葉を浴びせつつ、ひんやりした夫の両足へマッサージを続ける。私の叱咤激励に応えるように、夫は生と死の狭間を、行き来しながら、果たすべき目的に最後の灯を燃やし続けた。

午後、何か予感めいたものが働き私は娘達を病室に呼び寄せた。次女は私の連絡で既に帰省していた。

口の乾きは、たっぷり水分を含ませた綿棒で時々唇や舌を湿らせてやる。夫が数度その水分を飲んだような気がした。

七月三十一日、呼吸の間隔が今までよりも開き始めて来た。娘達に後を頼み家での用事を済ませ夕方に戻ると、

「お父さんの目の色が変わったみたい」

長女が言うが、私には分からなかった。夜も更けたので娘達を休ませ、私はベッドの傍らで夫を見つめ続けた。物音一つしない夜だった。

こんな状態を目の当たりにしても、まだ私には夫が死んでしまうなんて考えられなくて、いつまでも側にいてくれると思っていた。睡魔が間断なく襲って来る。柵にもたれついウト……とした時、体全体が柔らかな空気に包み込まれるような不思議な感覚に捉われると

ともに、夫の呼吸がフッと途切れた気配がした。ハッとして胸元を凝視し、心臓の辺りに手を添えてみる。いつまで経っても動きが手に伝わってこない。

「お父さん、お父さん」

呼び掛けても呼吸は戻らず、顔色がみるみる変わっていく様が薄暗がりの中で分かった。

「唯、理亜、お父さんが！」

咄嗟に娘達へ声を掛ける。二人がベッドへ駆け寄るのと私が病室から飛び出すのとほぼ前後して、看護婦が病室へ飛び込んで来た。

「秋元さん、秋元さん」

悲痛な叫びにも似た声が室内に響き、振り向いた看護婦の瞳が潤んでいた。夫の四か月にわたる最後の戦いは幕を閉じた。

あなた、有り難う。頑張って生きてくれて。三時間三十六分、八月に入ったよ――。逝った夫に心の中で呟く。

海へ還る

五十七年の壮絶な生涯のうちの三十年は、私と共に生きて来た。振り返ればあれもこれも懐かしい出来事ばかり。

命を懸けた書類は受理され、残った僅かな残務は葬儀後に処理することにした。葬儀の準備を進めながら、十時から社会保険所、労働基準局、職安などを事務員と回った。

葬儀を済ませ久しぶりに自宅の布団で眠る。隣に夫がいないのを寂しく感じながら、海の底よりも深い眠りに落ちた。

《美江子……》

低音の聞き覚えのある懐かしい声が響く。穏やかな表情に輝くばかりの笑みを浮かべた夫が姿を現し私を呼んだ。目覚めた私は清々しい気分で朝を迎えた。夫はこの世のしがらみの全てから解き放たれ、ただ一つの憂いもなく旅立てたのだと感じた。

塵一つ残さない——。夫の言葉が背中を押す。落ち着くまでの数か月は夢中で、悲しむ余裕すらなかった。

非日常の中で知った現実。私達家族が、この世で最も大切な存在であった人との別れは、私と長女に人間が持つ〝喜怒哀楽〟の、〝哀〟がつかさどる感情の形を変化させてしまった。夫の死は、それ程衝撃的だったのである。

長女は少しでも、そちらに移行しそうな雰囲気を感じただけですぐ反応し、涙を溢れさせるようになった。私は私で他人に対して何が、何処が哀しいの、そう思うだけで冷えた心に感情が湧いてこないのだ。

しかし、夫を想う時だけは違う。娘の前では涙を見せないように心がけた。だが抑えきれない哀しみの捌け口は浴室で、あるいは菜園で思い切り号泣した。

私にとり夫はかけがえのない存在であったのだと、失って初めて思い知ったのである。心に受けた傷が癒えはしないけれど、普通に戻るまで十余年の歳月を要した。

非破壊を立ち上げた時に、最初の社員となった桐野君が焼香に訪れてくれた。彼は私が夫の依頼で推薦し、社員になった人であった。物静かな人柄で機械が大好きな人物である。訳あって会社を辞めたが、その後札幌で自分の仕事を持ち、営んでいた。在職中の彼はよく夫とぶつかったらしく帰宅した夫が、楽しげに彼とのやり取りを話して聞かせてくれたものだ。社員の中で夫が唯一信頼した人であった。彼も自分で事業を興し、初めて夫が言っていた意味が理解出来たと言う。

夫は泣き言は一切言わずに、どんな難しい仕事も断らず、弱音を吐かなかった。凄い人だとも。嬉しかった。他にも夫の実力を認める人が幾人もいた。彼らは個人的に訪れ夫の偉業を静かに語った。

気忙しい日々が落ち着いて来た頃に、重度の緊張から解放されたせいか体がおかしくなった。体が浮いたり頭がフワッとしたり、後ろに引っ張られるような感覚が続いた。長女の就職も考えねばならない。そんな時に長女の友達の紹介で就職が決まり、次女は学校があるので東京へ戻った。

私は働く気になれず毎日をただやり過ごしていた。考えることは夫の遺した遺言である。

夫の四十九日。住職に言わせると散骨は死体遺棄になるらしい。が、私の心は既に固まっていた。納骨する時に住職が骨壺の中を改めお墓に収めた。私は胸を撫で下ろす。私の密かな企みに住職は気づかない。後日お墓へ出向き骨壺を持って帰った。

散骨は何処にしようかと色々悩んだ。船で？　伝《つて》がない。私には船主の知り合いもいない。最終的に考えたのはフェリーだった。人のいない時を見計らい散骨するしかない。決行は夫の誕生日と定める。

お骨は細かく砕くことにした。これは私だけの作業と決め、深夜寝室で少しずつ砕くことにする。お骨は闘病の激しさを物語るように所々が変色していた。これが夫をひどく苦しめた後なのだろうか、などと思うと癌が憎くてたまらない。

骨は硬く、思うように砕けない。根気よく時間を掛け砕いた。砕く度に涙が溢れ頬を濡らした。数日掛けて二、三片残し全て砕き終えた。私には辛く孤独な数日間の作業であった。

夫の粒子を両手で掬う。細かな粒子となった夫の骨は象牙のような光沢を放ち、しっとりした感触を伴いながら、得もいわれぬ冷たさと相俟《あいま》り、消えた命の重さを手の平に伝えて来る。何故か愛おしくてたまらない。

あなた――。後はただ見つめ続けた。散骨までは私の枕元で一緒に眠ろう。残した骨片は、産まれることなく逝った赤ちゃんの小さな壺へ収めた。

出発の午後に庭の花を摘み、粒子になった夫と共に綺麗な和紙五つにくるんだ。海に還ってもすぐに交われるようにとの思いを込めて。フェリーの出港は深夜零時で、出港と同時に日付が夫の誕生日に変わる。おりしも港の両岸は、コンビナートを照らす燦然と輝く光に満ち溢れていた。まるで夫の新たな門出を祝福するが如く、たゆたう水面《みなも》に反射しきらめき揺れる。

この海は七つの海に通ずる。ここから貴方の好きな海へ泳いでいって欲しい。外洋に出てからと思ったが、船員が時々甲板を見回るので、不審に思われる前に済まそう。長女と缶ビールを持ち、甲板へ出た。暗い波間を見つめ乾杯。船員がドアを開け透かし見ている。しばらくすると顔を引っ込めた。

今だ――。まず夫の好きなビールを海面に散らす。リュックから取り出したお骨を暗闇の彼方めがけ放る。進む船の速度で起きる風に押され遠くへ飛ばず、波間にパシャッと落ちる音。二つ目か三つ目を思い切り投げた時、夫が歓喜の雄叫びを上げたかのように和紙が破れ粒子が風に舞った。長女もその瞬間を目にした。驚きの表情を顔に滲ませて。

「あっ」

夫が喜んでいる。きっと喜んで私達に意思表示したんだ、と感じた。

長女が静かに手を合わせた。佇んでいた私も長女に倣《なら》い手を合わせ黙祷する。

外洋に出るまでの航路から黄金色のシャンデリアが、誘《いざな》うように帯となり沖の方へ伸びた彼方は漆黒の闇に紛れ、夫の門出に相応しい静寂が茫漠と海に溶け込むばかりである。

果てなき海原に向け、私達はそれぞれの想いを込めて愛する人を見送った。

この物語はフィクションであり、登場人物、公・私的機関、企業、団体などは実在するものと一切関係がありません。

著者プロフィール

竜胆 一二美（りんどう ひふみ）

1947年１月、長野県に生まれる。

北海道在住。

子育てが一段落した1991年にワープロ検定２級を取得後、市内の婦人団体連絡協議会の書記を引き受ける。同年に市内の随筆サークルの会員となる。

2002年、FMラジオでボランティアとして、市民製作番組「快適生活塾ウーマンパワー」のパーソナリティを仲間と共に16年間続ける。

2009年、市民文芸誌の会員になり、2014年には同文芸誌に掲載した創作「笑顔の向こう側」で、第34回奨励賞受賞。

著書に『秘愁』（2021年　文芸社）がある。

秘愁　綾に織り成す

2023年７月15日　初版第１刷発行

著　者　竜胆 一二美
発行者　瓜谷 綱延
発行所　株式会社文芸社
〒160-0022　東京都新宿区新宿１－10－１
電話　03-5369-3060（代表）
03-5369-2299（販売）

印刷所　株式会社フクイン

ISBN978-4-286-30099-3